LES BLONDES ET PAPA

Charles Exbrayat est né en 1906 à Saint-Etienne (Loire). Après le baccalauréat passé à Nice où habitent ses parents, il se prépare sans enthousiasme à devenir médecin mais, exclu de la faculté de Marseille pour chahut notoire, il échappe à l'Ecole de Santé de Lyon et se tourne vers les sciences naturelles à Paris où il enseigne en potassant l'agrégation.
Il fait ses débuts d'auteur dramatique à Genève avec *Aller sans retour,* poursuit sa carrière à Paris *(Cristobal, Annette ou la Chasse aux papillons)* et publie deux romans.
Journaliste après 1945, scénariste (une quinzaine de films), il aborde bientôt le roman policier avec *Elle avait trop de mémoire* (1957).
Vous souvenez-vous de Paco? obtient le Grand Prix du roman d'aventures en 1958. Charles Exbrayat s'illustre ensuite dans le roman policier, notamment humoristique, avec une réussite constante. Il est directeur du *Club des Masques.*

Paru dans Le Livre de Poche :

LE DERNIER DES SALAUDS.
POUR BELINDA.
VOUS MANQUEZ DE TENUE, ARCHIBALD !
LE VOYAGE INUTILE.
DES FILLES SI TRANQUILLES.
IL FAUT CHANTER, ISABELLE.
LA ROUTE EST LONGUE JESSICA.
LE CLAN MOREMBERT.
POUR SES BEAUX YEUX.
UNE BRUNE AUX YEUX BLEUS.
VOUS SOUVENEZ-VOUS DE PACO ?
UN MATIN ELLE S'EN ALLA.
ELLE AVAIT TROP DE MÉMOIRE.
CE MORT QUE NUL N'AIMAIT.
CHEWING-GUM ET SPAGHETTI.
NE VOUS FACHEZ PAS, IMOGÈNE !
CHANT FUNÈBRE POUR UN GITAN.
MORTIMER !... COMMENT OSEZ-VOUS ?
JULES MATRAT.
ON SE REVERRA PETITE.
UN JOLI PETIT COIN POUR MOURIR.
FÉLICITÉ DE LA CROIX-ROUSSE.
LES AMOUREUX DE LENINGRAD.
TOUT LE MONDE L'AIMAIT.
LA LUMIÈRE DU MATIN.
L'INSPECTEUR MOURRA SEUL.
IMOGÈNE EST DE RETOUR.
AMOUR ET SPARADRAP.
MÉFIE-TOI, GONE !
QUEL GÂCHIS, INSPECTEUR !
LES MENTEUSES.
LA PETITE FILLE À LA FENÊTRE.
LA HONTE DE LA FAMILLE.
ENCORE VOUS, IMOGÈNE ?

EXBRAYAT

Les Blondes et papa

LIBRAIRIE DES CHAMPS-ÉLYSÉES

IANTO MORGAN.
BUDDUG, *sa fille* (12 ans).
MRS MEREDID PRICE, *infirmière au Trinity Hospital de Brecon.*
CARADOG, *son fils* (13 ans).
GUTE JENKINS, *constable.*
GWALDUS JENKINS, *son épouse et femme de ménage des Morgan.*
CATRIN HUGHES.
IFOR HUGHES, *beau-frère de Catrin.*
DYLAN REES, *médecin.*
MISS LUNED EVANS, *directrice de Holly School.*
IWAN GRIFFITHS, *inspecteur de police au CID de Cardiff.*
ANDREAS PANTRYCH, *sergent-détective.*
FYCHAN MORTIMER, *constable.*
MRS SIONED PRICE, *tante de Caradog, belle-sœur de Meredid.*
MABLI DOMKEY, *amie du sergent-détective Pantrych.*
MODLEN LOWETT, *femme de chambre des Hughes.*
PADRIG TRAHERN, *jardinier des Hughes.*

I

Depuis cinq ans que Fraid était morte, Ianto Morgan ne parvenait pas à retrouver le goût de vivre. La trentaine à peine dépassée, Ianto se fût considéré comme un homme fini s'il n'y avait eu Buddug, sa fille, dont le visage – au fur et à mesure que la petite grandissait – rappelait celui de la disparue. Cette ressemblance rendait le veuf tout à la fois heureux et malheureux. Il goûtait une joie sereine à l'idée que Fraid revivrait dans leur enfant et, du même moment, il en voulait à Buddug de lui rappeler la perte dont il ne parvenait pas à se consoler.

Dans cette petite ville de Brecon blottie au pied des Brecon Beacons qui permettent aux Gallois du sud de se prendre pour des montagnards, on nourrissait la plus vive sympathie pour Ianto Morgan, comptable chez Bailey – le grand magasin d'outillage de jardin –, et les plus sévères se félicitaient de la manière dont le veuf élevait sa fillette. Les âmes sensibles se disaient touchées de la fidélité de ce vivant à une morte, surtout à un âge où les hommes supportent mal la solitude. Mrs Gwaldus Jenkins – la femme du constable Jenkins –, qui s'occupait du ménage chez les Morgan, ne tarissait pas d'éloges sur les vertus de ce garçon et adorait Buddug qu'elle considérait comme la plus étonnante petite fille de tout le pays de Galles.

A dire vrai, Ianto n'était plus tout à fait digne de cette admiration quasi unanime. Depuis une semaine, il envisageait sérieusement la possibilité de refaire sa vie et, sans pour autant renier la morte, il aspirait à retourner parmi les vivants. S'il éprouvait une gêne à en parler ouvertement, ce n'est pas qu'il redoutait l'opinion de Brecon où personne ne lui aurait tenu rigueur de rebâtir son foyer, mais il craignait des réactions de Buddug, la seule personne dont Ianto appréhendait le jugement.

Buddug n'avait que douze ans, mais loin de jouer ainsi que le font des gamines de son âge, elle affectait une allure posée qui surprenait chez ce petit bout de femme et parlait avec une gravité qui déconcertait ses interlocuteurs. On aurait dit que l'enfant s'était donné pour tâche de remplacer la mère absente qu'elle ne se rappelait pourtant que très vaguement. Elle se persuadait que Fraid en mourant lui avait confié Ianto et elle veillait sur son père ainsi qu'une maman sur son bébé. Ledit père estimait la chose fort désagréable mais n'osait pas s'en plaindre à cette petite Buddug que tout le monde lui enviait. En cas de révolte, on lui aurait donné tort et, notamment, Mrs Gwaldus Jenkins, témoin quotidien de l'existence familiale des Morgan. Le rouge de la honte montait aux joues de Ianto lorsqu'il se rappelait la manière dont Buddug l'accueillit, trois mois plus tôt, lorsque, ayant fêté sa nomination de chef comptable avec quelques copains, il rentra passablement ivre. Pour l'attendre, elle avait veillé, il se trouva devant une petite fille en robe de chambre qui le regardait d'une façon telle qu'il eût préféré être à cent pieds sous terre. Il se lança, pour s'excuser, dans des explications embarrassantes que la gamine écouta sans mot dire, se contentant de remarquer en le fixant de son regard trop grave :

– Croyez-vous, daddy, que mummy aurait été contente de vous voir dans cet état?

Alors, Ianto baissa la tête et, aidé par sa fille, gagna sa chambre où Buddug dut lui ôter ses chaussures et sa veste. Elle ne le laissa qu'une fois convaincue qu'il pouvait se débrouiller seul. Depuis ce soir-là, Morgan n'était jamais retourné à une party sans oser, cependant, révéler à ses camarades les raisons de sa décision. Mais tout cela relevait de l'histoire ancienne. Pour l'heure, en ce vendredi, Ianto, qui attendait sa fille pour le lunch, se demandait comment il s'y prendrait pour lui annoncer qu'il se rendait à Cardiff par le car de 14 heures. Absence exceptionnelle pour laquelle il lui avait fallu solliciter la permission du sévère Michangel Gwalter, sous-directeur chez Bailey et peu habitué à ce que ses employés commencent le week-end le vendredi à midi.

Avant de se retirer, Mrs Jenkins avait dressé le couvert et préparé le repas. Ianto en était encore à calculer la façon dont il apprendrait son départ à Buddug lorsque cette dernière rentra de la Holly School où elle poursuivait ses études.

– Bonjour, daddy!

La petite se précipita dans les bras de son père car, dans ses rapports avec son papa, elle se permettait de redevenir de temps à autre une fillette semblable aux autres.

– Bonne matinée, Buddug?

Tout en prenant place en face de Ianto et se servant de pommes de terre bouillies parsemées de feuilles de menthe, la gamine s'appliqua à une relation minutieuse des menus incidents ayant émaillé le déroulement de la classe. Elle ne l'interrompit que pour remarquer :

– Daddy, pas tant de moutarde... pensez à votre foie!

Ianto, pris en faute, sursauta. En vérité, il n'écoutait pas la petite, trop absorbé à chercher le moyen le plus naturel pour l'avertir de son départ. Elle s'en aperçut :

– Quelque chose qui ne va pas, daddy?

– Mais non, quelle idée? Je ne suis plus un petit garçon, vous savez...

Elle eut une moue signifiant qu'elle ne partageait pas cette opinion. Désireux d'éviter que la conversation ne s'engageât sur des chemins difficiles, Morgan affecta un air détaché pour dire :

– A propos... je dois aller à Cardiff par le car de 14 heures... Mr Gwalter m'a chargé de rencontrer un de nos fournisseurs... Evidemment, cela ne me revenait pas forcément... nous avons des voyageurs... mais j'ai pensé qu'un petit tour à Cardiff ne serait pas désagréable...

– N'y avez-vous pas été la semaine dernière, déjà?

– Hein? si... mais vous comprenez... Et puis, après tout, je suis assez grand pour faire ce dont j'ai envie.

– Bien sûr, daddy...

La surprise de la petite fille devant sa mauvaise humeur subite emplissait Ianto de confusion, d'autant que le plus difficile restait à préciser.

– Je rentrerai tard... si je ne manque pas le dernier car pour Brecon... auquel cas, je serai dans l'obligation de coucher à Cardiff... il ne faudrait pas vous inquiéter.

– Je pense que vous manquerez le car, n'est-ce pas?

– Quoi? En voilà une idée! Pourquoi ne dites-vous pas tout de suite que je ferai exprès de manquer le car?

Elle ne répondit pas mais son silence s'affirmait

plus éloquent que n'importe quelle réponse. Exaspéré, il s'emporta :

– C'est un comble! A mon âge, il faut que je rende compte de mes faits et gestes à une gamine de douze ans! A-t-on jamais vu une situation plus ridicule?

– Vous êtes fâché, daddy?

– Et pourquoi serais-je fâché?

– C'est ce que je vous demande.

Ianto ne possédait pas une personnalité bien forte et la mort de Fraid l'avait laissé désemparé. Instinctivement, il recherchait dans sa fille – sans tenir compte de sa jeunesse – cette autorité qu'il avait besoin de sentir auprès de lui et, si ridicule que cela puisse paraître, une protection qui lui manquait et sans laquelle il s'estimait perdu.

– Je ne suis pas fâché, Buddug... un peu nerveux, seulement. C'est pourquoi j'ai besoin de sortir de Brecon... de voir d'autres gens... enfin, vous comprenez?

– Je comprends parfaitement, daddy... Je suis trop petite pour vous tenir compagnie... Plus tard, nous vivrons tous les deux et quand j'épouserai Caradog, vous viendrez avec nous.

Morgan prit la main de sa fille à travers la table et la serra tendrement. La contemplant, il ne parvenait pas à admettre qu'un jour elle se marierait, peut-être avec Caradog Price, son aîné d'un an et fils de la gentille Meredid, infirmière au Trinity Hospital.

– Au cas où vous manqueriez votre car, vous rentreriez quand, daddy?

– Demain, en fin de matinée.

– Voulez-vous que je vous prépare votre valise avant de retourner à l'école?

Gêné, Ianto protesta faiblement :

– Mais, il n'est pas du tout certain que je rate...

– Bien sûr, daddy, cependant il est préférable de prendre vos précautions.

Le père essaya de deviner si sa fille se moquait ou non de lui, mais devant le visage impénétrable de Buddug, il renonça.

– Bon... si vous voulez...

La valise paternelle bouclée, Buddug précisa :

– Puisque vous serez à Cardiff, daddy, vous aurez peut-être le temps de faire des courses? Pensez que vous avez besoin d'un pyjama! Au revoir, daddy, amusez-vous bien...

Déjà, bourrelé de remords, Morgan tenta de se rassurer.

– Je laisserai un mot pour Mrs Jenkins... mais je crois qu'il serait plus sage que vous alliez dîner et coucher chez Mrs Price? Vous seriez moins seule et vous pourriez passer une bonne soirée avec Caradog.

– C'est entendu.

– J'irai avertir Mrs Price avant de prendre le car. Au revoir, ma chérie... à demain.

Dans un sourire, elle répliqua :

– Ou à ce soir... si vous ne manquez pas votre car.

Ianto se mordit les lèvres, certain cette fois qu'elle se moquait gentiment de lui. Avant qu'il ait pu répliquer, Buddug était déjà dehors, mais elle repassa la tête par l'entrebâillement de la porte.

– A propos de votre pyjama, daddy, ne vous en laissez pas coller un jaune d'or à parements rouges comme la dernière fois, même si la vendeuse est blonde. Cela ne fait pas très sérieux.

Presque au même moment où Morgan perdait sa femme, Meredid Price était devenue veuve. C'est en soignant Emerys, son mari, mort d'une pneumonie, que Mrs Price avait senti s'éveiller sa vocation d'infirmière qui lui permettait maintenant de vivre et d'élever son fils Caradog. Leur commun malheur avait réuni la mère et l'orphelin, le père et l'orpheline. Les enfants, ayant tous deux un caractère plus vieux que leur âge et une égale tendance à considérer leurs parents comme des êtres désarmés sur lesquels il leur importait de veiller, s'étaient attachés l'un à l'autre. Deux ans plus tôt, Buddug et Caradog avaient décidé qu'ils se marieraient lorsqu'ils seraient en âge de convoler. Mrs Price et Morgan, avertis, n'avaient pas cru intelligent de rire.

Lorsque Ianto sonna à la porte de son jardin, Meredid ressentit un pincement au cœur. Elle aimait le père de Buddug. Malheureusement, Morgan ne s'en doutait pas le moins du monde, alors que les deux enfants avaient depuis longtemps deviné le secret de Mrs Price. Avant d'ouvrir, elle ôta le tablier qu'elle mettait pour nettoyer la vaisselle et abandonna ses gants de caoutchouc. En passant devant le miroir du vestibule, elle jeta un coup d'œil rapide à sa coiffure. Espérant, contre toute espérance, Meredid rêva que Ianto venait lui confier sa tendresse si soigneusement cachée jusqu'ici.

– Bonjour, Mr Morgan... Tiens! vous partez en voyage?

– Seulement jusqu'à Cardiff... C'est à ce propos que je me permets de vous déranger.

– Vous ne me dérangez jamais...

Elle avait mis dans sa réplique autant de sous-entendu que la décence le lui permettait mais, visiblement, son visiteur n'y prêta pas attention. Elle le pria d'entrer dans le living-room.

– Que puis-je pour vous, Mr Morgan?

– Voilà. Je... Enfin, je ne suis pas certain de rentrer par le dernier car, ce soir... Alors, j'ai pensé... C'est-à-dire, je ne voudrais pas que Buddug restât seule.

– Vous savez bien que je considère un peu Buddug comme ma fille.

Elle n'ajouta pas qu'elle ne demanderait pas mieux que de l'avoir officiellement pour fille, mais elle souhaita que Ianto le comprît. Il n'en était pas capable. Sincère, il la remercia :

– C'est très gentil à vous, Mrs Price... Je suis heureux de votre amitié... et peut-être que, plus tard, nous serons plus proches encore l'un de l'autre...

Le cœur de Meredid battit plus vite.

– Comment cela, cher Mr Morgan?

– Eh bien! lorsque Caradog et Buddug se seront mariés!

Elle l'aurait battu!

– Je n'ai pas le temps de rester... Vous m'excuserez, Mrs Price... On m'attend à Cardiff.

Elle voulut le taquiner.

– Une femme?

Alors, ce niais de Ianto se laissa aller, débordant d'enthousiasme :

– Une femme exquise, Mrs Price! Une femme comme je ne pensais pas qu'il en existait... Si vous la voyiez, je suis sûr que vous l'aimeriez!

Elle se contraignit pour remarquer sèchement :

– Attention à l'heure de votre car, Mr Morgan!

– Vous avez raison, mais je n'ai personne à qui parler de Catrin, n'est-ce pas...

– Et c'est moi que vous choisissez?

Il ne soupçonna pas l'amertume de la question.

– Vous, Mrs Price, vous pouvez tout comprendre.

Elle manqua lui répliquer que ce n'était pas comme lui, mais elle se contenta de le pousser doucement dehors.

– Votre car, Mr Morgan...

– C'est vrai... quand je parle de Catrin, je n'ai plus envie de m'arrêter!

– Au revoir, Mr Morgan.
– Au revoir, Mrs Price.
Elle attendit d'avoir regagné sa cuisine pour pleurer à son aise.

Au moment de monter dans le car, Ianto aperçut le constable Jenkins, mari de sa femme de ménage. Il se précipita vers lui :
– Gute! Je pars pour Cardiff et... et je ne pense pas pouvoir rentrer ce soir.
Paternel, le constable sourit.
– C'est de votre âge, Mr Morgan. Vous avez tout le temps pour apprécier les pantoufles et le coin du feu. J'ai été jeune, moi aussi, bien que cela puisse vous paraître étonnant, et Mrs Jenkins une sacrée jolie fille!
– Jenkins, je ne voudrais pas que vous vous fassiez des idées...
– Je ne me le permettrais pas, Mr Morgan.
– Ah?... Enfin, quoi qu'il en soit, vous serez aimable de dire à Mrs Jenkins, à qui j'ai laissé un mot d'ailleurs, qu'elle ne s'occupe pas du dîner... Buddug mangera et couchera chez Mrs Price.
– Une charmante personne.
– Pardon?
– Je dis que Mrs Price est une bien charmante personne et qui mériterait de trouver un bon mari.
– Vous croyez?
– J'en suis sûr et je me permettrai d'ajouter qu'un vieux proverbe affirme qu'on va souvent chercher bien loin ce qu'on a sous la main. Nos anciens avaient de l'expérience.
Le chauffeur du car appuya sur son klaxon pour appeler les retardataires, ce qui évita à Ianto de répondre.
– Je compte sur vous, Gute... Que Mrs Jenkins ne se fasse pas de soucis pour Buddug!

– Elle s'en fera toujours, Mr Morgan, tant que votre petite fille n'aura pas une nouvelle maman.

Morgan fut sur le point d'avouer que c'était justement là ce à quoi il s'occupait, mais un coup de klaxon plus impératif le força à s'éloigner.

– A demain, Jenkins!

– A demain, Mr Morgan, et bonne soirée!

Sitôt que le car eut quitté Brecon, Ianto sentit s'envoler ses remords au sujet de Buddug. Après tout, il remplissait très correctement son devoir paternel et il n'existait pas de raison pour qu'il lui sacrifiât toutes ses heures de liberté. Mais, bien qu'il ne voulût pas se l'avouer, il avait mauvaise conscience et le temps lui dura de retrouver Catrin pour ne plus penser qu'à eux deux.

En dépit de son exaltation, tandis que le car peinait pour franchir les Brecon Beacons, Ianto se laissa aller sur le dossier de son fauteuil et s'assoupit. Il se réveilla comme on entrait à Merthyr Tydfil, sur les bords de la Taff, et s'en voulut d'un sommeil qui l'avait empêché de rêver à Catrin. Alors que le lourd véhicule repartait vers Pontypridd, Morgan revécut sa rencontre avec celle qu'il estimait déjà devoir être la seconde femme de sa vie, rencontre ne remontant pourtant qu'au samedi précédent.

Le samedi après-midi est pénible pour les célibataires. C'est le moment où les trottoirs des villes sont encombrés par les couples, où il faut descendre sur la chaussée pour céder le passage à des familles entières convergeant vers les grands magasins. Lassé d'être bousculé dans High Street, irrité de la joie des autres dans St. Mary Street, Ianto s'était dégagé de la cohue pour gagner le port. Un bus l'avait amené jusqu'au quartier d'Adamstown; à pied, il avait gagné le Bute West Dock désert et dont le cadre convenait admirablement à sa mélancolie. Il se vengeait du présent en rêvant à d'improbables voyages, à des fuites sans limite. Perdu dans ses songes, il ne prit pas tout de suite garde à la jeune femme s'approchant du bord du quai. Sans se donner la peine de réfléchir et parce qu'il était enclin à prêter aux autres ses propres tristesses, sitôt qu'il l'eut vue, Ianto se persuada que cette inconnue se préparait à en finir avec la vie. Il se rua en avant et la ceintura au moment où elle se penchait sur l'eau.

– Vous n'êtes pas folle?

Elle le regarda avec stupeur puis, gentiment :

– Et vous?

– Mais... Mais enfin, vous étiez sur le point de...

– Cela vous ennuierait de me lâcher?

Seulement alors, Ianto prit conscience qu'il la serrait toujours étroitement contre lui. Il rougit, bafouilla. Elle accentua son embarras en déclarant :

– Si un policeman nous voyait, je pense que nous aurions du mal à lui démontrer que nous n'attentons pas aux bonnes mœurs. N'est-ce pas votre avis?

Si elle avait été moins jolie, Morgan, en dépit de sa timidité, l'aurait vertement remise à sa place, mais elle se révélait ravissante. Une blonde, d'une blondeur un peu cendrée, proche de la trentaine si le père de Buddug en devait juger par les fines rides griffant le visage autour des paupières. Et, bêtement, il murmura :

– Je vous demande pardon...

Il resta là devant elle, les bras ballants, paralysé. Elle rit.

– Puis-je vous prier de me confier les raisons de cette agression?

– Cette...? Ah! oui... En vous voyant vous pencher sur l'eau, j'ai cru que... que...

– Que j'allais m'y jeter? Et vous avez voulu me sauver? C'est cela?

– Oui.

– C'est trop drôle! Je suis navrée de vous décevoir, mais je n'avais pas du tout l'intention de me suicider... Je vous remercie quand même.

– Vous devez me juger idiot?

– Mais non. Je suis sûre que vous êtes un brave garçon. J'attendais quelqu'un qui ne vient pas... et, ma foi, je me distrayais comme je pouvais...

Il eut envie de remarquer que le Bute West Dock semblait un curieux endroit pour un rendez-vous, mais il n'osa pas. Elle se serait sans doute fâchée et l'aurait plaqué là, sans autre forme de procès. Déjà, Ianto souhaitait ne plus la quitter.

Très vite, en échange de son nom, elle lui dit le sien : Catrin Hughes. Après leur rencontre insolite, ils ne pouvaient se séparer tout de suite et, la personne attendue n'apparaissant pas, elle décida de ne pas demeurer plus longtemps dans ce quartier des docks et de revenir vers la vie animée du centre de Cardiff. Ianto ayant obtenu la permission de la raccompagner, ils se retrouvèrent finalement attablés dans l'arrière-salle d'un café de Saunders Road pour nouer plus ample connaissance. La gaucherie de Morgan amusa d'abord, puis toucha Catrin Hughes. Elle devina que ce garçon, venu de sa montagne, ne ressemblait pas tout à fait aux autres et elle était trop fine pour ne pas se rendre compte de la profonde impression que sa seule présence causait à son interlocuteur. Elle s'en divertissait, mais avec tact.

– Vous savez, Mr Morgan, que je suis sincèrement navrée de vous avoir privé du bénéfice de votre courage? Mais je ne pouvais quand même pas me jeter à l'eau à seule fin de vous permettre de raconter une belle histoire à votre femme...

– Je suis veuf depuis cinq ans.

– Pardonnez-moi... Eh bien, disons à votre... amie?

– Je n'ai point d'amie.

– Vraiment? Vous êtes donc un solitaire?

– Pas tout à fait. J'ai Buddug.

– Buddug?

– Ma petite fille. Elle a douze ans. C'est une enfant étrange... Je l'aime beaucoup. Je pense que si vous la connaissiez, vous l'aimeriez aussi.

– J'en suis persuadée.

Probablement, Catrin et Ianto se seraient-ils séparés si la pluie ne s'était mise à tomber avec une violence interdisant toute tentative de se risquer dehors. Pour la première fois de sa vie, Morgan remercia Dieu d'avoir doté le Royaume-Uni du plus mauvais temps d'Europe. Il recommanda du thé et Catrin accepta de manger quelques *buns*. Isolés parmi les consommateurs, ils s'imaginaient être chez eux, dans la douceur du foyer dont ils rêvaient tous deux et peut-être fût-ce cette atmosphère lénifiante qui poussa Catrin aux confidences.

– Vous n'avez pas osé m'interroger sur ma présence au Bute West Dock, mais avouez que cela vous intrigue?

– Ma foi...

– J'attendais un homme qui jurait m'aimer assez pour me sacrifier sa situation. Ce rendez-vous dans ce quartier lointain devait éviter les curiosités.

Bien qu'il reconnût la stupidité de se montrer jaloux d'une femme rencontrée depuis une heure à peine, Ianto ne put s'empêcher de s'inquiéter :

– Et vous, vous l'aimez?

– Je n'aimerai jamais un homme que je n'estimerais pas, Mr Morgan. En ne venant jamais au rendez-vous fixé, cet homme est sorti de ma vie avant même d'y être entré.

Triomphant de sa timidité naturelle, Ianto réussit, sans renverser ni la théière, ni le pot de lait, ni le pot d'eau chaude, à saisir la main de Catrin et à la serrer pour lui témoigner son approbation. Elle ne la retira pas et lui sourit, mais d'un sourire si triste qu'il en eut le cœur chaviré.

– Auriez-vous une cigarette, Mr Morgan?

Il fut contraint de lâcher sa main pour lui tendre son paquet de cigarettes. Elle en prit une, l'alluma et, ayant rejeté un long jet de fumée :

– Puisque nous en sommes aux confidences, Mr Morgan, apprenez que je suis malheureuse, parce que mariée à un homme très riche pour qui seuls comptent les affaires et l'argent. Mais j'exige autre chose de l'existence qu'une maison confortable et des toilettes. Je n'ai jamais été aimée...

Bouleversé, Ianto vit deux larmes couler de chaque côté du nez adorable de la jolie Catrin. Il balbutia :

– Ce... Ce n'est pas possible?

– Si. J'ai vingt-huit ans... et je ne sais pas ce que c'est que de s'entendre dire : « Je vous aime. »

– Pourtant, votre mari?

Elle haussa les épaules :

– Gwylim n'a pas de temps à perdre dans ce qu'il tient pour des fadaises. Peut-être agit-il autrement avec ses maîtresses...

– Parce qu'il vous trompe?

– Je ne compte pas pour lui. Je ne suis qu'un objet de luxe qu'il cxhibe et qui témoigne de sa prospérité. Mr Morgan, vous moquerez-vous de moi si je vous dis que je jalouse ces couples d'employés croisés dans High Street et qui paraissent si contents d'être ensemble...?

– Se passer d'argent est difficile, surtout quand on a été habitué à en posséder.

– J'étais pauvre lorsque Gwylim Hughes m'a épousée. Je le redeviendrais volontiers si c'était pour vieillir auprès d'un homme qui m'aimerait et que j'aimerais.

– Pourquoi ne divorcez-vous pas, dans ce cas?
– Mon mari ne l'acceptera jamais par orgueil. Non, Mr Morgan, il ne me reste pas d'autre solution que la fuite; mais on ne fuit pas seule.

Le car dépassait Tongwynias et entrerait sous peu dans les faubourgs de Cardiff. Ianto Morgan se redressa sur son siège. Après leur conversation intime dans le petit café où la pluie les bloquait, Catrin avait accepté de le revoir et il venait de vivre toute la semaine dans l'attente de cette nouvelle rencontre.

En rentrant de l'école, Buddug trouva Mrs Jenkins qui lui avait préparé son thé.
– Bonsoir, Mrs Jenkins.
– Bonsoir, mon agneau. Avez-vous été sage?
– Je suis toujours sage, Mrs Jenkins.
La vieille femme soupira :
– C'est vrai...
La petite fille la déconcertait toujours par ses répliques ou par ses questions. Buddug troublait tout ce que Mrs Jenkins – qui n'en avait pas eu – s'imaginait connaître des enfants.
– Mr Jenkins m'a rapporté que votre papa était parti pour Cardiff?
– Oui. Il m'a expliqué qu'il s'y rendait pour ses affaires; mais, moi, je crois qu'il a dû rencontrer une blonde.
– Qu'est-ce que vous dites là, doux Jésus?
– Daddy a le complexe des blondes. Mrs Jenkins.
Ahurie, la brave femme ne sut que répéter :
– Le complexe...
– Oui, je l'ai bien remarqué. Dès qu'il parle à une blonde, il se trouble, il ne sait plus ce qu'il raconte et il ne fait que des bêtises... Tenez, je suis sûre que cet horrible pyjama jaune à parements rouges, c'est

une blonde qui le lui a collé. Il fallait qu'il ait perdu son sang-froid pour acheter une chose pareille! Ce n'est pas votre avis, Mrs Jenkins?

– Je... Je ne sais pas. Ne laissez pas refroidir votre thé.

La gamine but la moitié de sa tasse.

– Mrs Jenkins, est-ce que Mr Jenkins a aussi le complexe des blondes?

– Je l'ignore... mais s'il en était ainsi, j'aurais vite fait de l'en guérir!

– Vous ne pourriez pas essayer votre remède sur daddy?

– Essayer mon...? Buddug, vous... vous ne prêtez pas attention à vos paroles! Je suis la femme de ménage de Mr Morgan, pas son épouse!

– Mrs Jenkins... mummy... elle était très blonde?

– Très... et la plus jolie femme de Brecon.

– Alors, ça doit être ça...

– Quoi?

– Daddy trouve sans doute que toutes les blondes qu'il rencontre ressemblent à mummy... Il a envie de les embrasser et, comme il n'ose pas, il fait tout ce qu'elles veulent.

– Oh! Buddug! Mr Morgan est un gentleman!

– Les gentlemen n'embrassent pas les blondes?

– Finissez donc votre thé au lieu de dire des sottises!

La petite fille acheva de boire sa tasse, plia soigneusement sa serviette et, très poliment, remarqua :

– Je vous remercie, Mrs Jenkins, votre thé était excellent. Je ne pense pas qu'on en fasse de meilleur dans tout Brecon.

La femme de ménage se révélait sensible à une certaine flatterie visant ses qualités ménagères. Elle affirma en gonflant sa vaste poitrine.

– Peut-être pas le meilleur, mais sûrement un des meilleurs!

– Mrs Jenkins, est-ce que vous croyez que si j'étais blonde, daddy resterait ici le samedi au lieu d'aller à Cardiff?

– Si vous... Non, je ne le pense pas.

– Pourquoi?

– Plus tard, vous comprendrez...

– Mrs Jenkins, est-ce que les blondes sont meilleures que les brunes?

– Sûrement pas!

– Alors, pour quelles raisons daddy ne prête-t-il pas attention aux brunes?

– Comment voulez-vous que je le sache? Et puis, si vous voulez mon avis, ce n'est pas là un genre de conversation pour une petite fille! Vous feriez mieux de penser à courir, à sauter et à jouer à la poupée!

Sévère, Buddug répliqua :

– Mrs Jenkins, quand on a un père à élever, on a autre chose à faire qu'à jouer à la poupée!

Sidérée, la femme de charge ne trouva rien à répondre et la fillette annonça :

– Je vais chez Mrs Price. Caradog et moi devons nous rendre à l'école où Mrs Evans a organisé une récréation de 5 à 7... Je réciterai un poème de Tennyson et puis on dansera. Je coucherai chez Mrs Price. Bonne nuit, Mrs Jenkins. A demain!

Ianto retrouva Catrin dans un café, près de General Station. Ils ne cherchèrent pas à se cacher le plaisir qu'ils ressentaient à être de nouveau réunis. Mrs Hughes riait de tout et de rien et Morgan l'ayant questionnée sur la façon dont elle aimerait occuper son après-midi, elle avoua :

– Il paraît que toutes les demoiselles de Cardiff, quand elles sortent avec un jeune homme, s'en vont à Symonds Yat...

Leur chance voulut qu'un autocar partît presque immédiatement pour Ross on Wye, avec arrêt à

Symonds Yat. Ils y montèrent, heureux comme des collégiens pratiquant l'école buissonnière.

Mrs Price aimait bien Buddug, quoiqu'elle l'intimidât un peu, cette petite fille ayant le privilège de mettre mal à l'aise tous ceux qui entreprenaient de converser avec elle.

– Caradog n'est pas là?

– Non, il est parti me chercher du thé. Il sera de retour dans un instant. J'espère que vous vous amuserez bien tous les deux à la récréation de Mrs Evans. Lorsque vous rentrerez, je vous aurai préparé une grande tarte aux pommes. Désirez-vous prendre une tasse de thé en attendant mon fils, Buddug?

– Merci, Mrs Price, j'ai déjà bu mon thé.

La fillette se tut, se contentant de regarder fixement son hôtesse qui, ne sachant trop quelle attitude prendre devant ces yeux inquisiteurs, se tortillait sur sa chaise.

– Vous êtes vraiment très jolie, Mrs Price.

Sous la remarque inattendue, Meredid s'empourpra jusqu'aux cheveux et, s'en voulant de rougir, rougit plus encore.

– Je souhaiterais devenir aussi jolie que vous quand je serai grande...

Mrs Price eut un rire gêné qui sonnait un peu faux.

– Mais vous le serez, Buddug.

Gravement, la petite secoua la tête.

– Je ne le pense pas. C'est bien dommage que vous ne soyez pas blonde, Mrs Price.

– Blonde? Pourquoi? Vous n'aimez pas les brunes?

– Moi, si. C'est daddy...

De nouveau, le visage de Meredid s'enflamma.

– Parce que vous croyez que votre père...

– Il a le complexe des blondes, Mrs Price. J'en

parlais avec Mrs Jenkins. Il paraît que Mr Jenkins n'est pas comme ça.

– Vous avez de curieuses conversations avec Mrs Jenkins.

– C'est que daddy me donne bien des soucis, Mrs Price!

– Vraiment?

– Vraiment, Mrs Price. D'ailleurs, avant d'épouser Caradog, il faudra que je l'interroge soigneusement à ce sujet.

– A quel sujet?

– Au sujet des blondes, Mrs Price. S'il est comme daddy, il est préférable que nous ne nous mariions pas. J'aurais bien voulu que vous deveniez ma seconde mère, Mrs Price, car je vous aime beaucoup...

La gorge de Meredid se serra. Elle dit d'une voix étranglée :

– Moi aussi, je vous aime beaucoup, darling.

– Seulement, daddy n'a d'yeux que pour les blondes... Vous ne voyez pas un moyen de le guérir?

Les larmes montèrent aux yeux de Mrs Price.

– Non, Buddug, je ne vois pas...

– Caradog et moi, nous savons que vous aimez daddy, Mrs Price...

– Buddug!

– Ce n'est pas la vérité, Mrs Price?

C'est cela qui était terrible avec Buddug! elle vous posait des questions directes auxquelles on ne se sentait pas le droit de répondre par un mensonge.

– Je préfère ne pas entamer ce sujet, darling; c'est très gênant, vous savez...

– Pourquoi? Ce n'est pas vilain d'aimer quelqu'un! Il faut que vous nous aidiez, Caradog et moi, Mrs Price, à faire revenir daddy sur ses préventions contre les brunes...

A la même heure, Ianto Morgan se souciait bien peu des brunes. En compagnie de Catrin, il goûtait les joies simples du petit peuple de Cardiff. Il canotait sur la Wye tout en bavardant avec sa passagère qui laissait traîner sa main dans l'eau. On eût dit deux amoureux émerveillés et ne connaissant encore rien de la vie. A chaque coup de rame, Ianto jugeait Catrin plus jolie. Il admirait tout en elle : sa voix si elle parlait, son silence si elle se taisait, ses gestes, ses attitudes. Il brûlait de se dévouer pour elle et de l'arracher au sort lamentable qui était le sien. Il lui adressait des discours enflammés dont la jeune femme riait, attendrie. Après avoir passé une heure sur l'eau, ils regagnèrent le rivage, achetèrent des ice-cream à un marchand ambulant et s'en furent prendre le thé dans un des nombreux cafés-hôtels du coin, tout en écoutant les roucoulades énamourées d'Elvis Presley qu'un électrophone débitait sans interruption. Catrin avoua qu'elle ne s'était jamais autant amusée depuis son mariage. Le rappel de l'époux jeta un voile de mélancolie sur leur tête-à-tête, mais Morgan le dissipa en jurant à sa compagne qu'il n'accepterait pas de la perdre et que, s'il ignorait encore comment il s'y prendrait, il était néanmoins sûr qu'il parviendrait à la garder, que cela plût ou non à ce Mr Hughes. Catrin se montra sceptique.

– Mon pauvre ami, Gwylim est trop fort pour nous.

– Si vous m'aidez, sa force ne lui servira de rien.

– J'aimerais vous croire.

– Il faut me croire, Catrin. Après avoir perdu Fraid, je ne pensais pas que le bonheur fût encore possible pour moi... et puis, je vous ai rencontrée...

– Le coup de foudre, si je comprends bien?

– Je ne sais pas. Mais si je devais ne plus vous voir maintenant, la vie ne m'intéresserait plus.

– Vous n'avez pas le droit de parler ainsi. Pensez à votre petite fille.

– Oh! j'ai bien plus besoin de Buddug qu'elle n'a besoin de moi...

Si tout allait pour le mieux à Symonds Yat, il n'en était pas de même à Holly School où la soirée récréative tirait à sa fin. Caradog Price, il est vrai, s'était conduit d'une manière proprement scandaleuse à l'égard de Buddug. Sitôt que cette dernière eut récité le poème de Tennyson, choisi par Mrs Evans, et qu'elle eut reçu des compliments mérités, on avait commencé la sauterie. Certes, Caradog avait fort courtoisement invité Buddug pour la première danse, mais après cette valse, il ne revint jamais la chercher, demeurant toute la fin de l'après-midi avec Meirion Perry, la fille du garagiste de Lion Street, une rouquine effrontée que, dans leur ensemble, les mères de famille de Brecon jugeaient d'assez mauvais genre. L'amour-propre empêchait Buddug d'exprimer hautement et publiquement à Caradog ce qu'elle pensait de sa conduite, mais, pour se calmer, elle se promettait d'avoir avec son fiancé un entretien dont il se souviendrait. Il lui suffisait que son père fasse un complexe des blondes et elle n'était pas disposée à tolérer que Caradog souffrît d'un complexe des rousses. Cette Meirion se trémoussait d'une façon positivement ridicule au bras de Caradog et Buddug ne comprenait pas que Mrs Evans, d'ordinaire, si à cheval sur les bonnes manières, pût tolérer cette manifestation de mauvais goût.

Vers 7 heures, la directrice donna le signal du départ et Caradog dépassa les bornes en offrant à Meirion de la raccompagner jusque chez elle, avec Buddug. Outrée, celle-ci répliqua qu'elle devait rentrer au plus tôt pour aider Mrs Price. Plantant là le traître et sa rouquine, elle se hâta vers Priory Hill où habitaient l'ingrat et sa mère. Un instant, elle espéra que Caradog la rattraperait pour solliciter son pardon, mais il n'en fut rien et c'est toute seule qu'elle entra chez les Price. En apercevant le visage fermé de la fillette, Meredid comprit à quel point elle était bouleversée.

– Ça n'a pas marché, Buddug?

– Oh! ce n'est rien, Mrs Price.

– Caradog n'est pas avec vous?

– Il est allé raccompagner Meirion Perry.

– Ah!... C'est à cause de cela, Buddug?

La petite lutta un instant contre elle-même puis, vaincue, se précipita dans les bras de Mrs Price en hoquetant :

– Elle... elle n'est pour... pourtant pas blonde, Mei... Meirion... Elle... est... rousse!

Installée dans le grand fauteuil du living-room, Mrs Price tenait Buddug sur les genoux.

– Caradog est un imbécile... A mon avis, il s'est conduit de cette façon uniquement pour se rendre compte de la manière dont vous réagiriez... A votre place, darling, je ne lui en parlerais pas. Je traiterais l'histoire avec le plus parfait détachement. Il en sera profondément vexé.

Le nommé Caradog n'était pas tellement fier de lui lorsqu'il se montra. Cette Meirion ne lui plaisait pas du tout, mais il avait été un peu jaloux du succès remporté par Buddug avec sa récitation de Tennyson. Le garçon s'affirmait assez intelligent et suffisamment honnête pour admettre qu'il s'était rendu coupable de quelque chose de pas très joli. Le remords le guettait, mais, de nature entêtée, il se serait fait hacher plutôt que d'en convenir devant d'autres et, hargneux, il s'apprêta à subir l'assaut conjugué de sa mère et de Buddug. Or, contrairement à son attente, il fut accueilli comme si rien ne s'était passé. Il en montra de l'humeur. Le repas se déroula aussi gaiement que d'habitude et Buddug rapporta par le menu les événements de la soirée, sans oublier de souligner combien Caradog avait été admiré pour ses danses en compagnie de la rouquine de Lion Street. Plein de mauvaise foi, le gamin essaya d'entamer les hostilités :

– Meirion n'est pas rousse, mais d'un blond vénitien.

Buddug le regarda innocemment :

– Vraiment? Il faudra que je la regarde mieux la prochaine fois...

Avant que son fils n'ait pu répliquer, Meredid trancha :

– Blonde ou rousse, cette pauvre enfant est d'une telle vulgarité qu'il faudrait témoigner d'un bien mauvais goût pour s'intéresser à elle, à moins que ce ne soit par pitié.

Ecrasé par cette attaque surprise, Caradog piqua le nez dans son assiette et ne pipa mot.

Lorsque Catrin et Ianto se retrouvèrent à Cardiff, le soir tombait. En dépit de l'heure, ils n'éprouvaient nulle envie de se quitter. Pour prolonger encore un peu leur tête-à-tête, ils burent un porto près de la gare des autocars. Maintenant que le moment de la séparation approchait, ils ne trouvaient plus rien à se dire. La première, Catrin, surmonta cette espèce de défaillance morale qui les réduisait au silence.

– Il ne faut pas manquer votre car pour Brecon.

– Je ne rentre pas à Brecon ce soir.

– Ah?

– A défaut de pouvoir être avec vous, je tiens à passer la nuit à Cardiff en pensant que vous n'êtes peut-être pas très loin de moi... avec un autre.

Elle eut un rire attendri.

– Jaloux, déjà?

– Je pense que la jalousie vient en même temps que l'amour et, excusez-moi de vous l'avouer aussi brutalement, je vous aime, Catrin.

– Mais nous nous connaissons à peine!

– Quelle importance? Vous ne me croyez pas, bien sûr?

Elle le regarda gravement.

– J'en ai trop envie, Ianto, pour ne pas vous croire. Des années que je souhaite rencontrer un homme qui vous ressemble peut-être...

– Pardonnez-moi de vous dire cela, Catrin, mais... je ne suis pas riche.

– Et alors? J'ai été assez punie d'avoir désiré l'être. Si Gwylim acceptait de me rendre ma liberté, je partirais les mains vides.

– Puis-je espérer que c'est vers moi que vous viendriez?

– C'est encore trop tôt pour vous répondre définitivement. Comprenez-moi, Ianto, je me suis trompée une fois...

– Evidemment. Catrin, je voudrais tant rester près de vous pour essayer de vous convaincre, mais vous allez retourner dans votre maison et moi dans un hôtel. Demain, je remonterai à Brecon. Dans ces conditions, mes chances sont bien minces...

– Peut-être pas, Ianto.

Ils se turent, ayant tout dit. Morgan appela le garçon, régla sa note. Lorsque ce dernier se fut éloigné, il annonça :

– Et voilà... Cette merveilleuse journée est terminée!

Brusquement, elle lui prit le bras :

– Ecoutez... Vous semblez si malheureux... et moi-même... Enfin, mon mari est parti, comme tous les vendredis en cette saison, chez son ami Owen Jones, à Llandrindod Wells, où il restera jusqu'à dimanche soir, pour jouer au golf. J'ai confiance en vous, Ianto. Voulez-vous que nous passions la soirée ensemble, chez moi? Nous ferons la dînette et, à l'heure où l'on sort du spectacle, vous regagnerez Cardiff par le dernier bus.

Caradog n'avait pas digéré sa défaite et il cherchait une occasion de prendre sa revanche. Il crut la trouver au moment où Buddug et lui, ayant pris congé de Mrs Price, montèrent à l'étage où s'ouvraient leurs chambres. Sur le palier, au moment de souhaiter le bonsoir à sa camarade, le garçon remarqua :

– A propos, Buddug, je n'ai pas voulu contredire mummy tout à l'heure, mais Meirion est d'un très joli blond, un blond assez rare...

La fillette ricana :

– Pas tellement rare! Vous n'avez qu'à vous rendre au marché, Caradog, là où on vend des carottes, et vous aurez le blond si particulier des cheveux de Meirion!

– Si vous étiez un garçon, Buddug, je vous boxerais!

– Heureusement que je n'en suis pas un, car je risquerais d'être aussi bête que vous!

– La vérité, c'est que vous êtes jalouse!

Elle feignit la stupeur :

– Jalouse de cette rouquine, moi? Vous déraisonnez, je pense, Caradog? Vraiment, je me demande ce que vous pouvez bien lui trouver de si séduisant! Est-ce parce qu'elle marche en tortillant le derrière?

– Ce n'est pas vrai! Meirion ne tortille pas le derrière en marchant!

Et, avec ce bel illogisme de la colère, il ajouta :

– En tout cas, vous, vous ne seriez pas capable d'en faire autant!

– Et pourquoi?

– Parce que vous seriez ridicule avec votre derrière de... lévrier afghan! Bonsoir...

Caradog entra dans sa chambre, laissant sur le palier une Buddug pétrifiée par ce coup inattendu. Elle était d'autant plus ulcérée qu'elle ne comprenait pas ce qualificatif d'afghan. Elle ignorait que son adversaire témoignait d'une érudition toute neuve due à une photographie de ce chien, trouvée dans une tablette de chocolat. Les lèvres serrées, elle se déshabilla rapidement. Ce Caradog se révélait un monstre! Jamais elle ne l'épouserait! Bien sûr qu'elle était moins grosse que cette Meirion, mais d'ici à prétendre qu'elle n'avait pas de... Quel grossier personnage, ce Caradog, d'oser parler de choses pareilles! Elle en avait honte pour lui. Au moment de se glisser dans son lit, elle aperçut un dictionnaire sur l'étagère où s'entassaient des souvenirs de voyage. Elle le feuilleta longuement pour apprendre ce que pouvait être un lévrier afghan; longuement, car elle ignorait l'orthographe de cette épithète. Ayant essayé toutes les combinaisons, elle parvint à dénicher ce mot qui se cachait si bien dans les centaines de pages du livre et lut avec stupeur :

Lévrier d'Afghanistan : lévrier de petite taille à longs poils de couleur claire.

Ainsi, Caradog ne craignait pas de prétendre qu'elle était poilue comme une bête! Une pareille calomnie la bouleversa et il lui tardait que le jour revienne pour prendre une revanche éclatante. Mais, comme elle n'était quand même qu'une petite fille, elle s'endormit en pleurant.

Un taxi emporta Catrin et Ianto jusqu'à Fairwater où se dressait le cottage des Hughes. Devant l'élégance somptueuse de la maison, Morgan eut un temps d'arrêt.

– Jamais je ne pourrai vous offrir une pareille demeure, Catrin...

Elle le prit par la main.

– Si vous saviez à quel point cela m'est égal et combien j'en ai assez de ce luxe payé de mon bonheur!

Ils traversèrent un hall magnifiquement meublé avant de pénétrer dans un living-room où Catrin installa Ianto devant un verre de whisky en lui demandant la permission d'aller se changer. Demeuré seul, Morgan, légèrement ébahi, contemplait un décor auquel il n'était pas habitué. Cela lui rappelait ce qu'il voyait dans les films américains qu'on passait au cinéma de Brecon. Il lui vint à l'esprit qu'une aussi vaste habitation devait nécessiter tout un personnel dont l'hypothétique présence l'inquiéta.

– Eh bien! vous ne buvez pas? demanda Catrin en réapparaissant.

– Dites-moi, il y a des domestiques, ici?

– Des domestiques? Evidemment! Une bonne qui habite au premier étage. Modlen; une cuisinière et une femme de charge qui ne viennent que dans la journée, et Padrig, le jardinier, qui demeure chez sa mère. Pourquoi me demandez-vous ça?

– Cette Modlen... elle est là en ce moment?

– Vous ne voudriez pas! Si je vous ai invité, c'est qu'elle m'a demandé sa soirée... Mais, cessons de nous occuper des autres, Ianto. Est-ce que cela vous choquerait si je vous proposais de manger à la cuisine? Il y a des années que je n'ai pu m'offrir ce plaisir et j'en meurs d'envie!

Cela faisait bien longtemps que Ianto n'avait pas passé une aussi bonne soirée. Catrin et lui vidèrent le frigidaire et, bercés par la musique coulant du poste de radio, ils improvisèrent un repas où chacun tint à montrer ses talents de maître queux. Morgan se couvrit de gloire dans la confection de l'omelette et sa compagne ne réussit pas moins bien une salade où une mayonnaise onctueuse amalgamait toutes sortes de légumes dans une symphonie de couleurs éclatantes. Ils bavardèrent beaucoup et l'euphorie du moment les poussa à envisager l'avenir avec un solide optimisme. Vers 23 heures, Ianto déclara qu'il lui fallait penser à s'en aller, car la bonne ne tarderait peut-être plus beaucoup à rentrer. Catrin le rassura :

– Modlen est avec Padrig, son amoureux officiel. Ils se sont sûrement rendus au cinéma et, après, ils effectueront non moins sûrement une promenade sentimentale. Nous pourrons prendre le café. Pendant que je le prépare, voulez-vous être assez gentil pour aller me chercher les cigarettes qui doivent être dans mon manteau que j'ai laissé dans le hall.

Morgan s'empressa de déférer à cette prière. En chantonnant, Catrin mit en marche le mixer pour moudre le café, prit la cafetière électrique, y versa la poudre et l'eau avant de la brancher. Soudain, elle réalisa que Ianto ne revenait pas. Le café étant prêt, elle ouvrit la porte de la cuisine et appela :

– Ianto?

On ne répondit pas. Intriguée, elle avança dans le living désert, gagna le hall et s'arrêta, éberluée, sur le seuil. Morgan, un lourd chandelier de bronze à la main, contemplait un corps allongé à ses pieds. Elle fit quelques pas encore pour se pencher sur le cadavre et porta vivement la main à sa bouche pour étouffer le cri montant à ses lèvres. Se redressant, elle demanda :

– Vous... Vous l'avez... tué?

Il tourna vers elle le regard morne, éteint, d'un dormeur qu'on arrache au sommeil. Il ne semblait même pas l'avoir entendue. Il tressaillit lorsqu'elle posa la main sur son bras.

– Il... Il vous a surpris?

Il paraissait ne pas comprendre les questions. Enervée, elle le secoua :

– Répondez-moi, voyons! Que s'est-il passé?

– Je... Je ne sais pas...

Elle montra le chandelier qu'il tenait toujours :

– Mais enfin, Ianto, c'est vous qui l'avez...

– Non!

Comme s'il prenait alors seulement conscience de la situation, il lâcha le chandelier qui tomba sur l'épais tapis et hurla :

– Non! Ce n'est pas moi! Non! Vous ne me croyez pas?

Au silence de Catrin, il devina son incrédulité. Il la prit par les poignets :

– Pourquoi aurais-je tué cet homme que je n'ai jamais vu?

– Peut-être parce qu'il vous a attaqué?

– Attaqué? Et pour quelles raisons m'aurait-il attaqué?

– Parce que c'est mon mari.

II

Le sergent-détective Andreas Pantrych était du genre beau garçon et passait pour le don Juan de la section galloise du CID. Il adorait tellement les représentantes du sexe faible qu'il ne parvenait pas à admettre l'hypothèse de se consacrer, sa vie durant, à une seule. Il lui paraissait qu'agir de cette façon serait démontrer un égoïsme assez répugnant. Aussi s'employait-il à répandre ses faveurs sur le plus grand nombre possible de jeunes citoyennes de Cardiff. Blondes, brunes, rousses, châtaines s'étaient imaginées, tour à tour, pouvoir le retenir, mais elles avaient dû, l'une après l'autre, déchanter. L'inconstant Andreas papillonnait, séchant les larmes d'un baiser et réussissant à se faire pardonner les trahisons les plus définitives. Ses jeunes collègues l'enviaient, les plus âgés estimaient qu'il exagérait et son supérieur direct, l'inspecteur-chef Iwan Griffiths, lassé de recevoir des demoiselles éplorées venues lui révéler la noirceur d'âme de son adjoint, lui annonçait périodiquement qu'il allait se fâcher et l'envoyer méditer sur les vertus de constance du côté d'Aberystwith ou de Shrewsbury.

Cette nuit-là, Andreas était de garde, bien que ce ne fût pas son tour, car il tenait à être libre pour le week-end qu'il comptait passer en compagnie d'une adorable brunette, vendeuse dans un magasin de chaussures de St. Mary Street et qui répondait aux nom et prénom de Mabli Domkey. Pour tuer le temps, il avait écrit des épîtres enflammées à d'anciennes connaissances qu'il ne se souciait pas de perdre complètement de vue, rédigé une lettre pleine de réflexions désabusées sur l'amour et sur le devoir, destinée à une dame dont il entendait se débarrasser au plus tôt afin d'être tout à sa nouvelle conquête. Il cherchait une formule de salutations ni trop sèche, ni trop tendre, susceptible de ménager le présent et de préparer l'avenir lorsque le téléphone sonna. Le standard annonça qu'on appelait de Fairwater.

– Sergent Pantrych à l'appareil.

– Commissaire Farm, de Fairwater... Un gros ennui, sergent. Le banquier Hughes vient d'être assassiné chez lui... Nous pensons tenir le coupable, mais je crains qu'il n'y ait des complications... comment dirais-je?... mondaines. Vous saisissez? Sa femme était avec le meurtrier présumé. Vous voyez ce que je veux dire?

– Très bien, commissaire.

– Alors, je préférerais de beaucoup, mon vieux, vous refiler tout de suite l'affaire. Vous avez du monde?

– Ne vous en faites pas, commissaire. Un coup de téléphone à l'inspecteur Griffiths et j'arrive.

– Merci, mon vieux; vous me tirez une sacrée épine du pied. Je ne l'oublierai pas. Ah! l'adresse. 227, Fairwater Road.

Lorsque sa femme l'avertit qu'on l'appelait au téléphone de son bureau, Griffiths comprit qu'il ignorerait toujours comment se terminait le film qu'il regardait à la télévision. Il poussa un soupir résigné, maudit une fois de plus la sotte idée qu'il avait eue, trente années auparavant, d'entrer dans la police et empoigna l'appareil pour annoncer d'une voix chargée de rancune :

– Griffiths à l'appareil.

– C'est moi, Andreas, chef!

– Et qu'est-ce que vous avez encore trouvé pour me gâcher ma soirée, Mr Pantrych?

– Ce n'est pas moi, chef, mais le commissaire Farm, de Fairwater.

– Qu'est-ce qu'il veut?

– Un de ses administrés s'est fait occire chez lui.

– Et alors?

– Alors, il souhaiterait que vous veniez prendre sa relève, car la victime est quelqu'un d'important. Un nommé Hughes.

– Hughes? Pas Gwylim Hughes, le banquier?

– J'ignore si le défunt se prénommait Gwylim, mais Farm m'a affirmé qu'il était banquier et qu'il redoutait non seulement la publicité, mais encore des complications... qu'il a appelées mondaines.

– Ce qui signifie, en langage intelligible?

– Que le coupable présumé se trouvait en compagnie de la femme de la victime.

– Je vois.

– Je pensais bien que vous comprendriez du premier coup, chef.

– Vous êtes trop bon, Andreas, et je vous remercie de la flatteuse opinion que vous avez de mon intellect... Sur ce, je vous serais obligé de quitter discrètement le bureau, au cas où quelque journaliste rôderait par là, de prévenir non moins discrètement le médecin légiste, qui sera sans doute enchanté d'être réveillé au milieu de la nuit, et le service de l'identité. Vous sentez-vous capable d'accomplir cette tâche, Mr Pantrych?

– J'agirai de mon mieux, chef.

– Parfait. Je pars pour Fairwater. Rejoignez-moi là-bas. Ah! encore un mot, Andreas...

– Oui, chef?

– Vous voyez ce qui arrive aux gens qui détournent les femmes mariées de leur devoir? Prenez-en de la graine et si la mort de ce malheureux banquier pouvait vous inciter à changer de conduite, il ne serait pas mort pour rien.

Griffiths raccrocha avant que le sergent Pantrych ait pu protester.

Dans le living-room, Ianto et Catrin, assis chacun dans un fauteuil, étaient séparés par un constable qui veillait à ce qu'ils ne puissent échanger ni un mot ni un signe. Ils semblaient, d'ailleurs, n'en avoir envie ni l'un ni l'autre. Ils ne parvenaient pas à détacher leurs yeux de ce cadavre au crâne défoncé, dont le sang imbibait le tapis tout autour de la tête. Abasourdi, Morgan se demandait s'il n'était pas la proie d'un cauchemar dont il allait s'éveiller, dont il fallait qu'il s'éveille. Dans ses moments de lucidité, il pensait à Buddug et aurait volontiers pleuré s'il en avait eu la force. Un second agent, posté à l'entrée, guettait la venue des hommes du CID. Le commissaire Farm se promenait nerveusement de long en large. Il aurait déjà voulu être déchargé de sa corvée sur d'autres épaules. Un grincement de frein le fit courir à la porte et le constable de faction dit :

– Les voilà!

En réalité, un seul personnage descendit de la voiture qu'il conduisait. Il s'agissait de l'inspecteur-chef Griffiths, que Farm connaissait. Sa bonne humeur retrouvée, le commissaire accueillit chaleureusement son collègue.

– Griffiths, je suis bougrement heureux de vous voir!

– Je n'en doute pas d'après ce que m'a raconté Pantrych. Il n'est pas encore là?

– Non.

– Il ne tardera pas.
– Voulez-vous que je vous mette au courant de...
– Tout à l'heure, s'il vous plaît. Attendez Pantrych, ça vous évitera de recommencer.
– A votre aise.
Griffiths examina le corps.
– Tué sur le coup, hein?
– Sans doute. L'arme dont on s'est servi est restée en place.
– Parfait. On relèvera les empreintes. Ces gens?
– Mrs Catrin Hughes, la veuve de la victime, et lui, un nommé Morgan... Ianto Morgan, qui habite Brecon, où il est comptable.
– Qu'est-ce qu'il fabrique ici?
– Il semblerait qu'il passait la soirée avec la dame.
– Ah!...
Dans un tumulte indiquant que ses auteurs se moquaient d'être entendus, le sergent Andreas Pantrych fit une entrée assez réussie avec deux de ses hommes, le médecin légiste et les gentlemen de l'identité les accompagnant. Pendant que ces derniers se mettaient à l'œuvre et qu'un des policiers du CID sortait son matériel pour prendre les empreintes réparties un peu partout dans le hall, Griffiths entraîna le commissaire Farm et son adjoint Pantrych dans le living-room dont il referma la porte derrière lui.
– Et maintenant, mon cher commissaire, nous vous écoutons.
– Pas grand-chose à vous apprendre, Griffiths. Nous avons été alertés, il y aura bientôt une heure, par Mrs Hughes elle-même, nous annonçant que son mari venait d'être assassiné chez lui. En arrivant, j'ai trouvé les lieux dans l'état où vous les voyez. Ce Morgan paraissait complètement effondré et la nouvelle veuve ne semblait pas en meilleur

état. Des explications données, j'ai cru comprendre que Morgan tenait compagnie à Mrs Hughes et qu'allant chercher des cigarettes dans un manteau laissé dans le hall, il avait découvert un cadavre qui n'était autre que celui de Mr Hughes.

– Qui était censé être... où?

– A Landrindod Wells. En cette saison, il se rend, en effet, du vendredi au dimanche soir, chez son ami Owen Jones, comme lui un passionné de golf.

Pantrych remarqua :

– Apparemment, il ne s'était pas rendu à Llandrindod Wells, ce vendredi?

Ce à quoi Griffiths répliqua :

– A moins qu'il n'en soit revenu? C'est à soixante milles de Cardiff, vous savez.

Farm intervint :

– Vous estimez donc comme moi, Griffiths, qu'il s'agit d'un crime passionnel?

– Ça y ressemble beaucoup, en tout cas.

– Un joli scandale en perspective!

– Que voulez-vous y faire? Etre trompé n'est heureusement pas l'apanage de la seule classe moyenne. N'importe comment, il nous est impossible d'étouffer l'histoire... Ah! docteur...

Le médecin légiste présenta son rapport.

– S'il en était toujours ainsi, inspecteur, ma tâche serait trop facile. La victime a succombé à une fracture du crâne, il y a une heure environ. La mort a été instantanée. Voilà, c'est tout. J'emporte naturellement le corps pour procéder à l'autopsie, mais je ne l'examinerai que demain matin, car ce n'est qu'une question de routine et j'ai sommeil. Bonsoir, gentlemen. Je vous enverrai mes conclusions avant midi, Griffiths.

Le sergent Andreas Pantrych souligna :

– Hughes semble avoir été attiré dans un piège.

– Doucement, Andreas, doucement. Plus tard, les déductions.

Ils réintégrèrent le hall où l'homme des empreintes remballait son matériel. L'inspecteur s'approcha de lui.

– Des indications?

– Des tas d'empreintes différentes un peu partout, chef; ce qui est normal.

– Sur le chandelier?

– Une seule série d'empreintes.

– Ah?

– Celles de ce gentleman.

Du menton, le policier désignait Morgan. Griffiths se dirigea vers ce dernier.

– Vous avez entendu?

– Oui.

– C'est vous qui l'avez frappé?

– Non.

– Comment expliquez-vous que vos empreintes soient sur l'arme du crime?

– Je l'ai ramassée machinalement.

– Machinalement, hein? J'espère que vous vous rendez compte qu'il me sera difficile de me contenter de cette réponse?

– Oui.

Toutes les photographies prises, les hommes du service de l'identité se retirèrent. L'inspecteur abandonna Morgan pour s'adresser à Catrin.

– Mrs Hughes, vous avez assisté au meurtre?

– Non.

– Vous en ignorez l'auteur?

– Oui.

– Savez-vous pourquoi votre mari était ici au lieu de se trouver à Llandrindod Wells?

– Non.

– Vous comptez de la famille à Cardiff?

– Je suis orpheline et mon mari n'a qu'un frère, Ifor Hughes...

– Qui habite?

– 195, Montgomery Street, près de Roath Park.

– Vous n'avez pas l'intention de quitter Cardiff?
– Absolument pas.
– C'est préférable. De toute façon, ne vous absentez pas sans nous prévenir afin qu'on sache toujours où vous joindre. Mr Morgan, vous venez avec nous... Je crois, gentlemen, que nous pouvons rentrer à la maison.

Iago Llewellyn, reporter au *South Wales Echo and Evening Press* était réputé auprès de ses confrères pour avoir une chance insolite. Elle se manifesta encore cette nuit-là en le poussant, alors qu'il n'était pas de service, à rendre visite en sortant du cinéma, au commissariat de Fairwater, quartier où il habitait. Il fut ainsi le premier à connaître le drame qui bouleversait la famille Hughes. Iago bondit au journal, arrêta l'impression pour faire recomposer la première page, fut injurié par le personnel de l'imprimerie, mais reçut une prime du rédacteur en chef...

Avant que ne sonnât l'heure du commencement de la classe, les élèves bavardaient ou couraient dans la cour de Holly School, surveillée par miss Clementine Headquith, professeur d'anglais et Anglaise elle-même. Miss Headquith était une assez corpulente demoiselle d'humeur perpétuellement chagrine et qui tenait son séjour à Cardiff pour un exil immérité. Mais il fallait vivre et, depuis deux ans, elle exerçait ses fonctions pédagogiques parmi ces petits Gallois et ces petites Galloises qu'elle considérait comme les rejetons d'une race semi-civilisée, dont elle stigmatisait hautement la brutalité native, les entêtements farouches et le nationalisme étroit. Ses rapports avec miss Luned Evans s'affirmaient assez tendus. Miss Headquith savait que sa supérieure se priverait volontiers de ses services et qu'elle ne raterait pas l'occasion d'assouvir son hostilité à son égard si elle se présentait. Clementine restait sur ses gardes et, tout en remâchant ces sombres pensées, elle arpentait la cour de Holly School, environnée des cris et piaillements d'une jeunesse turbulente.

Soudain, miss Headquith remarqua un groupe de fillettes fort attentives à un spectacle que le professeur ne parvenait pas à distinguer. Clementine possédait une âme de garde-chiourme et rien ne lui causait autant de plaisir que de punir ces enfants qu'elle rendait, fort injustement, responsables de son triste destin. Utilisant l'ombre des arbres, elle approcha subrepticement de celles qu'elle considérait déjà comme les comploteuses en rupture de discipline. Elle atteignit le dernier rang des curieuses sans que nulle n'ait soupçonné son arrivée. Se dressant sur la pointe des pieds, elle jeta un coup d'œil au centre du cercle pour découvrir ce qui suscitait un intérêt aussi passionné. Ce qu'elle aperçut la frappa d'une telle stupeur qu'elle demeura immobile, incapable d'articuler un mot, de pousser un cri. Cette horrible fillette, répondant au nom sauvage de Buddug, ayant retroussé sa jupe, montrait à ses compagnes son... Enfin; son... Le cerveau bloqué de la pudique Anglaise se refusait à prononcer, même mentalement, le nom communément donné à la partie de l'anatomie que Buddug Morgan exhibait à ses compagnes intéressées. L'indignation de miss Headquith aggravait d'ailleurs le tableau, car Buddug ne montrait que le haut de sa cuisse limité par le caoutchouc de la culotte. Ayant retrouvé son souffle, Clementine poussa un tel cri que les gamines sautèrent sur place, affolées. D'un élan, miss Headquith éparpilla leurs rangs et, fonçant sur Buddug, l'empoigna par le bras, la secouant de fort brutale façon en hurlant :

– Vous n'avez pas honte, dévergondée?

Il en fallait davantage pour émouvoir la jeune Morgan. Elle fixa son agresseur et, froidement :

– Que se passe-t-il, miss Headquith, je vous prie?

Un tel cynisme affolait Clémentine.

– Une pareille exhibition!

– Je ne comprends pas, miss Headquith?

– Ah! vous ne comprenez pas? Eh bien! moi, je comprends fort bien! Une brebis galeuse, Buddug Morgan, voilà ce que vous êtes! Une brebis galeuse qui risque de contaminer tout le troupeau!

La petite fille l'examina soupçonneusement :

– Vous ne vous sentez pas bien, miss Headquith?

– Si je... Et vous vous moquez de moi, par-dessus le marché, insolente! Allez! Hop! Chez la directrice. On verra si elle juge que vos manières font honneur à son école!

Surprise par l'entrée brutale de son adjointe, la directrice plia précipitamment le journal qu'elle lisait.

– Eh bien! miss Headquith, vous ne frappez plus?

– Excusez-moi, miss Evans, mais je suis tellement bouleversée...

– Et pour quelle raison?

– Buddug Morgan est une dépravée!

Très raide, la directrice se leva sèchement :

– Je vous serais obligée, miss Headquith, de veiller à vos expressions, qui ne sont pas de mise dans une maison d'éducation... et surtout quand elles s'adressent à une fillette de douze ans.

– La perversité se moque de l'âge, miss Evans!

– La perversité?... Où est Buddug?

– Dans votre antichambre.

– Allez, je vous écoute. Racontez-moi ce qui s'est passé.

Haletante, miss Headquith fit un récit de la scène

surprise et n'oublia pas de mentionner le cynisme de la jeune Morgan et son insolence. La directrice, un peu démontée, se demandait ce que tout cela signifiait.

– Etes-vous certaine, miss Headquith, de ne pas noircir le tableau? De n'avoir pas mal interprété?

– Mais j'ai vu, miss Evans! J'ai vu!

– Je crains, miss Headquith, que vous exagériez un peu les faits... Je connais Buddug depuis qu'elle est au monde et...

Clementine l'interrompit avec des cris frénétiques :

– Je l'ai vue, l'impure! La chienne de l'Ecriture! La Jézabel qui se montre à tous les regards! Dieu la foudroiera!

– En attendant, taisez-vous! Vous n'avez pas honte? Ma parole, vous êtes folle, miss Headquith! Quelqu'un d'autre que moi vous tiendrait pour une hystérique! A-t-on idée de faire une pareille scène pour une sottise de gosse? Vous lisez peut-être un peu trop les Ecritures, miss Headquith, sans toujours les comprendre... Vous seriez mieux inspirée de pratiquer la culture physique, cela vous calmerait!

– Naturellement, vous prenez le parti de l'effrontée parce qu'elle est galloise et que je suis anglaise!

– J'ai l'impression que vous devriez retourner à vos élèves, miss Headquith, avant que je ne me fâche pour de bon. De plus, quelles que soient les incartades de Buddug, ce matin, ce n'est vraiment pas le moment de la punir...

Clementine regarda la directrice avec des yeux ronds.

– Un grand malheur s'est abattu sur elle... Elle ne s'en doute pas encore et je ne me sens pas le courage de l'en avertir. Son père a été arrêté cette nuit, à Cardiff sous l'inculpation de meurtre.

– C'est bien fait!

Il y eut un bref silence, puis la voix de miss Luned Evans s'éleva, froide comme un couperet :

– Montez préparer vos bagages immédiatement, miss Headquith. Vous n'appartenez plus à Holly School. Je vous défends d'avoir le moindre contact avec les enfants. Vous êtes une femme stupide et méchante, miss Headquith, le contraire de ce que doit être la personne qui a la charge d'éduquer. Lorsque vous serez prête, revenez vous faire régler.

Effondrée, Clementine essaya de protester, mais le visage de la directrice était tel qu'elle se tut et sortit du bureau la tête basse. Du seuil, miss Evans appela la petite fille :

– Venez, Buddug...

La fillette pénétra dans le bureau, un peu intimidée, car miss Evans comptait parmi les rares personnes qui lui en imposaient.

– Asseyez-vous. Buddug, miss Headquith m'a mise au courant de votre tenue inconvenante en présence de vos camarades. De pareilles manières ne vous ressemblent pas. J'attends vos explications.

La jeune Morgan exposa l'incident de la veille l'ayant opposée à Caradog et la calomnie dont ce dernier avait cru la mortifier. Pour démontrer sa félonie, elle avait demandé à quelques amies sûres de constater que Caradog avait menti et d'en porter, le cas échéant, témoignage. Quelle imbécile que cette Headquith! Amusée, la directrice songeait que la passion de la justice entraînait parfois les enfants à d'étranges comportements. Elle abonda dans le sens de Buddug, elle attira l'attention de la petite sur le fait que des initiatives comme celle qu'elle avait prise, fût-ce dans un but louable, risquaient de lui porter préjudice et qu'elle espérait la voir agir désormais avec plus de réflexion.

– Je sais, par Mrs Jenkins, que vous vous acquittez très bien de vos devoirs envers votre père et je vous en félicite.

– Il n'y a pas de quoi, miss Evans. Je suis bien obligée de veiller à tout, daddy est si insouciant...

– Il vous aime beaucoup, pourtant?

– Oh! oui; seulement, je crois qu'il m'en veut un peu de n'être pas blonde...

– Qu'est-ce que vous me racontez là, Buddug?

– Si, si... Daddy n'aime que les blondes. Dès qu'il en aperçoit une et qu'il lui parle, il n'est plus le même!

– Vraiment? Mais il ne doit pas avoir l'occasion d'en rencontrer tellement souvent?

– Dans les magasins, miss Evans! Aussi, je n'aime pas le laisser acheter tout seul, car il rapporte des choses impossibles à la maison. Tenez, un jour, il était parti pour se procurer une robe de chambre et il est revenu avec un chapeau, lui qui n'en porte jamais!

– Et pourquoi donc?

– Il n'a pas voulu m'en donner la raison et il avait l'air tellement honteux avec son chapeau qu'il tenait au bout des doigts, sans savoir quoi en faire, que je n'ai pas insisté. Seulement, le lendemain, je me suis rendue au magasin et c'était bien ce que j'avais prévu : le rayon des chapeaux se trouvait juste à côté de celui des robes de chambre, mais si la vendeuse de ce dernier était brune, celle des chapeaux avait des cheveux pareils à du miel. Malheureusement, je ne peux pas suivre daddy partout... Ah! miss Evans, les hommes sont bizarres, et daddy me donne bien des soucis.

La directrice n'éprouvait pas l'envie de rire. Elle pensait que la pauvre Buddug ne se doutait pas que ce père allait lui causer de plus graves soucis que d'être réduit à merci par les blondes.

– Miss Evans, je pense que daddy ne s'est jamais consolé de la mort de mummy qui était blonde...

– C'est sûrement cela, Buddug, et c'est pourquoi il faut respecter sa peine, même si elle le conduit à commettre... disons des extravagances. J'ai toujours estimé votre père, mon petit, alors si un malheur se produisait...

– Un malheur?

– On ne sait jamais ce que l'avenir réserve... S'il arrivait que votre père fasse une grosse bêtise, il faudrait quand même lui garder votre confiance, quoi qu'on puisse vous raconter, quoi que vous appreniez...

La directrice se troublait sous le regard attentif de la petite dont elle appréciait l'intelligence. Elle balança pour décider si elle lui révélerait ou non le drame de Cardiff, mais elle recula, honteuse d'une lâcheté qu'elle ne parvenait pas à vaincre.

– Je respecte l'attachement de votre père pour votre maman, Buddug, mais il est toutefois dommage qu'il ne se soit pas remarié et qu'il ne vous ait pas donné une nouvelle mère. Vous êtes vraiment trop jeune pour assumer un rôle qui vous dépasse.

La gamine soupira :

– Ah! si daddy voulait prêter attention aux brunes, ça irait tout seul!

– Comment cela?

Buddug prit un air mystérieux :

– Pardonnez-moi, miss Evans, mais c'est un secret qui ne m'appartient pas.

– C'est très bien de savoir garder un secret, Buddug.

La petite se rengorgea mais, avec la candeur de ses douze ans, elle ajouta, car c'était une question qu'elle se posait depuis longtemps et dont elle n'avait encore jamais demandé la réponse à personne :

– Miss Evans, si, par hasard, daddy épousait la mère de Caradog, est-ce que je pourrais quand même me marier avec lui?

– Evidemment. Regagnez votre classe. Je suis contente d'avoir pu bavarder un moment avec vous et n'oubliez pas... si vous aviez de la peine un jour, une peine que votre papa ne pourrait pas consoler, venez vite me trouver... C'est promis?

Solennelle, elle affirma :

– C'est juré, miss Evans.

La directrice raccompagna Buddug et, l'embrassant, lui chuchota :

– De mon côté, je jure de ne dire à personne que Mrs Price est brune.

Caradog était très attaché à Buddug qu'il admirait en secret. Aussi avait-il souffert au matin en constatant que la fillette ne lui adressait pas la parole et il fut profondément mortifié en apprenant de sa mère que Buddug – qu'il attendait pour gagner Holly School – était déjà partie afin d'éviter sa compagnie. Il manqua s'ouvrir à Meredid de ses remords, mais, se rappelant juste à temps qu'elle appartenait au même sexe que Buddug, il craignait une coalition dont il avait eu la preuve la veille au repas et il préféra s'abstenir de toute confidence.

Durant les classes de la matinée, Caradog se montra distrait et fut maintes fois rappelé à l'ordre. A midi, il se hâta de sortir pour que Buddug ne lui échappe pas, mais elle passa devant lui raide comme un piquet sans daigner lui accorder le moindre regard. Il la rattrapa, marcha un instant à sa hauteur avant de dire :

– Buddug... vous ne voulez pas que je vous accompagne?

– Je ne souhaite pas priver Meirion Perry de votre présence!

Il accusa le coup.

– Buddug, je vous demande pardon... Meirion ne compte pas, vous savez. Vous... Vous êtes bien mieux qu'elle...

Et, lâchement, toute honte bue, il ajouta :

– ... et ses cheveux carottes!

La jeune Morgan savoura la joie de son triomphe, mais, avant de pardonner, elle désirait une défaite complète du rebelle.

– Je ne vois pas, Caradog, quel plaisir vous pouvez éprouver à vous promener avec quelqu'un qui a un... un derrière de lévrier afghan?

– Si vous étiez chic, Buddug, vous ne parleriez plus de tout ça... J'ai été idiot, je le reconnais... Que voulez-vous de plus?

C'est quand même rudement bon, la vengeance! Buddug se promit de raconter à son père la manière dont elle avait pulvérisé sa rivale et contraint son fiancé à revenir solliciter sa grâce.

– C'est bon, Caradog, n'en parlons plus, mais ne vous avisez jamais de recommencer!

Pour bien lui montrer qu'elle ne lui tenait plus rigueur de sa trahison éphémère, elle mit sa main dans la sienne et ils atteignirent ainsi, sans se lâcher, la maison de Mrs Price où ils se séparèrent, non sans s'être donné le baiser de paix. Joyeuse, Buddug partit, en se permettant des sauts à cloche-pied, pour Maendu Street où elle habitait.

De l'entrée, Caradog cria :

– Mummy... Je me suis réconcilié avec Buddug!

Surpris de ne pas entendre l'approbation joyeuse de sa mère, le garçonnet pensa qu'elle était sortie et, pénétrant dans la cuisine, il fut bouleversé de voir sa maman qui, assise sur une chaise près du réchaud à gaz, pleurait. Caradog redevint tout de suite – après un court moment de panique – le chef de la maison. Il enlaça Meredid pour bien lui montrer qu'il était là et qu'elle pouvait compter sur lui.

– Seriez-vous malade?

– Non, Caradog... Ne vous inquiétez pas.

Elle le fit passer devant elle, et, lui prenant les mains dans les siennes :

– J'espère que vous n'êtes plus fâché avec Buddug?

– Nous nous sommes réconciliés. Je lui ai demandé pardon.

– Vous avez bien agi, Caradog. Je suis fière de vous. Cependant, à partir d'aujourd'hui, vous devrez vous montrer plus gentil encore que d'habitude avec Buddug... et si... par hasard... ses camarades l'ennuyaient, vous la défendriez, n'est-ce pas?

Il affirma énergiquement :

– Personne à Holly School n'oserait s'attaquer à Buddug. Mais si cela se produisait, je serais à ses côtés!

– Merci, Caradog. Je pense que vous ne verriez pas d'inconvénient, le cas échéant, à ce que Buddug vienne s'installer définitivement ici?

– Définitivement? Vous voulez dire qu'elle pourrait vivre avec nous tout le temps?

– Oui.

– J'en serais très content, mais croyez-vous que Mr Morgan serait d'accord?

– Je crains que Mr Morgan n'ait plus à donner son avis sur quoi que ce soit... et pendant longtemps.

– Je ne comprends pas, mummy?

– Ecoutez-moi, Caradog. Il est arrivé une catastrophe à Ianto Morgan...

– Il est mort?

– Non... C'est presque plus grave.

– Mais il ne peut pas y avoir plus grave que de mourir?

– Si, mon petit : tuer quelqu'un!

– Tuer?

– Le père de Buddug est en prison à Cardiff. Il est accusé d'avoir assassiné un banquier.

– Mais... pourquoi?

– Pour des raisons sentimentales, si vous voulez... Buddug n'est sûrement pas encore au courant. Désormais, elle est seule dans la vie. Il faut empêcher qu'on ne la mette dans un orphelinat quelconque, c'est la raison pour laquelle...

Les poings serrés, prêt à de futurs et rudes combats, Caradog décréta :

– Personne ne touchera à Buddug! Et si quelqu'un, à Holly School, s'avise de lui dire quelque chose sur son père, je le boxerai! Même si c'est une fille!

A travers ses larmes, Meredid sourit et chevrota :

– En dépit de son malheur, Buddug a quand même de la chance d'avoir un fiancé comme vous.

Caradog se rappela brusquement que sa mère aimait Ianto Morgan et il comprit qu'il aurait deux femmes à consoler.

– Mummy, je ne sais pas ce qui s'est passé à Cardiff, mais vous pouvez être certaine que Mr Morgan est innocent et qu'il reviendra à Brecon.

L'odeur du tabac qu'elle respira en entrant chez elle persuada Buddug du retour de son père. Posant son sac d'écolière, elle courut au living-room en appelant :

– Daddy!

En entendant la petite, le constable Jenkins posa sa pipe sur le cendrier et se leva :

– Bonjour, miss Buddug.

Jenkins était de nature cérémonieuse. La présence du constable tout autant que l'absence de son père désorienta la petite.

– Bonjour, Mr Jenkins. Mrs Jenkins n'est pas malade au moins?

– Non, non, miss. Elle désirait même venir, mais j'ai estimé que ce rôle m'incombait...

Buddug commença d'avoir peur sans savoir encore de quoi.

– Qu'est-ce qu'il y a Mr Jenkins?

– Eh bien! voilà, miss. Mr Morgan ne pourra pas rentrer aujourd'hui.

Elle éclata de rire, délivrée.

– Vous m'aviez fait peur, Mr Jenkins! Je resterai jusqu'à demain chez Mrs Price, voilà tout.

– C'est que miss... Mr Morgan ne reviendra pas demain non plus...

– Pas demain?

– Ni après-demain, ni le jour suivant. En bref, miss, je crains que Mr Morgan ne se montre pas à Brecon d'ici assez longtemps.

Le visage de la fillette blêmit.

– Vous ne... voulez pas dire que daddy est... est mort?

– Non, non, miss. Il est vivant et, autant que je le sache, en parfaite santé.

– Alors, pourquoi ne revient-il pas?

– Parce qu'il est en prison, miss.

– Daddy en prison?

– Il est soupçonné d'avoir assassiné Mr Gwylim Hughes, un banquier de Cardiff.

C'était tellement stupide qu'elle ne le crut pas.

– Voyons! Mr Jenkins, vous connaissez daddy? Vous le jugez capable de tuer quelqu'un?

– J'avoue, miss, que cela m'a surpris.

– Et puis, pourquoi irait-il tuer des banquiers? Il n'a rien contre eux... Non, Mr Jenkins, c'est une blague!

– La police de Sa Majesté n'est guère portée à la plaisanterie, miss, et plus spécialement les gentlemen des enquêtes criminelles. Ce sont des gens qu'il est recommandé de prendre au sérieux, miss.

– Alors, Mr Jenkins, vous croyez que daddy est en prison avec des chaînes aux pieds et des boulets?

– Pour les chaînes et les boulets, non; mais qu'il soit en prison avec une accusation de meurtre, cela ne fait, hélas! pas l'ombre d'un doute, miss.

Le constable s'attendait à un désespoir bruyant de la part de Buddug, qu'en dépit des avertissements de sa femme, il persistait à considérer comme une petite fille semblable aux autres. Il dut revenir de son erreur devant l'attitude résolue de la gamine.

– Ce n'est quand même pas parce que les policiers de Cardiff sont des imbéciles que daddy doit rester en prison!

Mr Jenkins révérait l'administration à laquelle il appartenait et il fut choqué de cette appréciation cavalière.

– Mes collègues de Cardiff connaissent leur métier, miss.

– Cela signifie-t-il, Mr Jenkins, que vous admettez la culpabilité de daddy dans la mort de ce banquier?

– Je suis obligé de m'en rapporter à la thèse officielle, miss.

– Daddy s'imaginait que vous étiez son ami. Mr Jenkins.

Embêté devant un enchaînement apparemment logique, mais dont il ne parvenait pas à suivre les méandres, le malheureux constable protesta :

– Mais, je le suis, miss!

Elle ricana :

– Drôle d'ami! En tout cas, vous n'êtes plus le mien, Mr Jenkins... Adieu, Mr Jenkins, vous connaissez le chemin.

Suffoqué, le constable dut admettre que cette gamine le flanquait à la porte.

– Miss Buddug, vous ne pouvez rester seule ici.

La loi l'interdit. Mrs Jenkins a pensé que vous devriez venir habiter chez nous.

– Vous remercierez Mrs Jenkins, mais je n'irai plus jamais chez elle tant que vous y serez! Dites-lui de ne pas se faire de souci à mon sujet, Mrs Price me recevra. Lorsque daddy reviendra, il ne manquera pas de vous témoigner sa reconnaissance pour la bonne opinion que vous avez de lui!

Le constable s'en alla, assez penaud, et se demandant comment il allait rapporter à Mrs Jenkins l'échec de son ambassade. Il redoutait les réactions de son épouse, suffisamment attachée à Ianto Morgan pour lui trouver des excuses au cas où il aurait trucidé la moitié de la population de Cardiff.

Restée seulc, Buddug pleura longtemps. Maintenant qu'il n'y avait personne pour l'observer, elle pouvait redevenir une petite fille à qui on venait d'enlever son papa, alors qu'elle n'avait déjà plus de maman. Lorsqu'elle eut pleuré tout son soûl, Buddug se reprit, car elle ne se laissait jamais longtemps abattre. Une inculpation de meurtre, c'était grave... Grave et déshonorant. Elle eut peur à l'idée de l'attitude des habitants de Brecon et trembla en pensant à ses camarades de classe. Non, elle ne pouvait retourner à Holly School. C'était au-dessus de ses forces. Miss Evans comprendrait. Tout le monde devait être au courant maintenant. Savoir ce que pensait Caradog? Sans doute cherchait-il un moyen de rompre leur engagement, parce que, aussi gentil qu'il fût, il ne pouvait épouser la fille d'un homme accusé d'un crime. Buddug estima qu'il lui appartenait de se montrer bonne joueuse et de rendre sa parole à Caradog.

Mettant à profit le fait qu'on était à l'heure du lunch et que les rues de Brecon s'offraient désertes, elle courut d'une traite jusqu'à Holly School.

Mr Snell, le vieux concierge, la regarda d'un air si drôle qu'elle devina que lui aussi savait.

– Vous êtes bien en avance, miss Morgan!

– Je désirerais parler à miss Evans.

– C'est qu'elle doit être en train de manger...

– Je vous en prie, Mr Snell...

Une telle détresse résonnait dans la voix de la petite que le concierge n'hésita plus. Il s'empara du téléphone intérieur.

– Miss Evans, il y a là Buddug Morgan qui souhaiterait vous entretenir... Bien, miss... Tout de suite, miss.

Et, se tournant vers l'enfant.

– Miss Evans vous attend.

La directrice guettait l'apparition du Buddug, et sitôt que la fillette atteignit le palier de l'appartement de miss Evans, celle-ci lui ouvrit les bras, où la petite se jeta en se cramponnant convulsivement au corsage de la vieille demoiselle.

– Oh! miss Evans... Daddy... Mon pauvre daddy!

Sans répondre, la directrice l'entraîna chez elle et l'installant à table :

– Vous n'avez pas pris votre lunch, n'est-ce pas?

– Non, mais je n'ai pas faim.

– Il faut manger, Buddug.

– Je ne peux pas, miss Evans!

– Laissez-vous aller, mon petit... Pleurez, cela vous soulagera!

– C'est déjà fait, miss Evans. Qu'est-ce que je dois entreprendre, miss Evans, pour sauver daddy?

– Vous ne pouvez malheureusement rien... Nous devons laisser la justice suivre son cours. Nous ne savons encore que très peu de choses sur cette affreuse histoire...

– Vous pensez, miss Evans, que daddy a réellement pu tuer cet homme?

Face à ce visage menu et tendu vers elle et que

l'inquiétude creusait, la directrice comprit qu'elle avait le devoir de mentir.

– Non, Buddug, je ne le pense pas. Il est sûrement la victime d'un terrible malentendu... Je suis convaincue que la police s'en apercevra très vite et le relâchera.

Il n'est pas facile de mentir lorsqu'on n'en a pas l'habitude, et miss Evans s'y prit si maladroitement que Buddug, attentive, s'en aperçut. La fillette se persuada qu'elle était sans doute la seule à croire à l'innocence de son père. Elle en ressentit un grand vide intérieur.

– Je ne reviendrai plus à l'école, miss Evans, du moins tant que daddy ne sera pas de retour à Brecon. Je dois m'occuper de lui.

– Comment cela?

– Je ne sais pas encore, mais je ne peux pas l'abandonner, n'est-ce pas?

– Non, vous ne le pouvez pas.

Buddug se leva de sa chaise.

– Je vous remercie beaucoup, miss Evans. Voyez-vous, je ne serais pas étonnée qu'il y ait encore une blonde à l'origine de tout ça... Quand daddy commet des sottises, il y a toujours une blonde quelque part.

Miss Evans n'osa pas dire que Mrs Hughes était peut-être blonde.

– Miss Evans, à quel âge peut-on espérer voir les hommes devenir raisonnables?

La directrice avoua qu'elle manquait d'expérience sur ce sujet, mais qu'assurément la raison leur venait beaucoup plus tard qu'aux petites filles de Brecon, au moins à certaines d'entre elles.

– Buddug, je souhaite de tout mon cœur que les choses tournent bien pour Mr Morgan et pour vous. Cependant si, par hasard, il n'en était pas ainsi, souvenez-vous que je suis très seule et que je serais heureuse d'avoir une fille comme vous...

Alors, ma chérie, venez quand vous voudrez. Je vous accueillerai avec joie.

– Merci, miss Evans.

La vieille demoiselle reprit Buddug dans ses bras et la serra longuement contre elle. Les yeux fermés, savourant la chaleur de ce jeune corps pressé contre le sien, elle s'efforçait de croire qu'elle avait, enfin, cet enfant qui lui manquait si cruellement. Elle n'y parvenait pas complètement et les larmes coulaient sur ces joues qu'aucun bébé n'avait jamais embrassées. De voir pleurer miss Evans poussa Buddug à pleurer et, pendant un court instant, elles mélangèrent leurs peines qui, paradoxalement, les réconfortaient. Buddug se reprit la première et, se dégageant, déclara :

– Nous autres, femmes, nous ne pouvons pas nous empêcher d'être un peu ridicules...

Souriant à travers ses larmes, la directrice confessa :

– C'est si bon, parfois, d'avoir le courage d'être ridicule...

La question de l'école réglée, il restait à en finir avec Caradog. Ce serait dur, et à la seule perspective de l'entretien qu'elle allait avoir, Buddug sentait une grosse boule lui obstruer la gorge. Sur le chemin la ramenant chez les Price, la fillette surprit les premiers signes de l'intérêt plus ou moins malveillant de Brecon à son égard. Deux femmes qui bavardaient, arrêtées au bord du trottoir, suspendirent leur conversation pour la suivre des yeux. Un enfant sur le point de la croiser passa de l'autre côté de la rue et le crémier de la Crown Street, qui fumait la pipe sur le pas de sa porte, rentra précipitamment chez lui en l'apercevant. D'abord, Buddug eut de la peine devant les manifestations non équivoques de cette hostilité, puis elle serra les dents. Son chagrin le céda à une colère qu'elle devinait ne plus devoir la quitter tant que Brecon ne lui aurait pas rendu justice ainsi qu'à son père.

Mrs Price fut soulagée en voyant la petite fille. Connaissant son caractère, elle redoutait un geste excessif de sa part.

– Vous avez bien tardé, darling?

– Je me suis rendue auprès de miss Evans pour lui annoncer que je ne retournerai plus à l'école.

– Etes-vous certaine que ce soit la bonne solution?

– Dans la rue, on m'évite déjà, Mrs Price. La fille d'un homme accusé de meurtre, cela n'inspire pas confiance.

– Les imbéciles!

– Les mères de famille pourraient reprocher à miss Evans de laisser leurs enfants me fréquenter. Je ne veux pas causer d'ennui à la directrice qui s'est montrée très bonne pour moi. Mrs Price, vous... vous pensez que daddy est coupable?

– Non!

Ce « non » fut si spontané que Buddug s'en sentit ragaillardie. L'attitude de Meredid lui donna du courage pour achever ce qu'elle avait décidé d'entreprendre.

– Mrs Price... Je dois parler à Caradog...

– Il est au jardin, à la recherche de Tommy, son hérisson qu'il n'a pas vu depuis deux jours.

– Mrs Price, je suis prête à rendre sa parole à Caradog.

– En voilà une idée!

– Je ne veux pas que votre fils se croie obligé de tenir ses engagements. Mon père est en prison, Mrs Price. Je n'ai pas le droit d'imposer ce déshonneur à Caradog. Sous prétexte que nous sommes fiancés, Brecon ne doit pas lui tenir rigueur d'une faute qui ne le regarde en rien.

– Mais, vous-même...?

– Il s'agit de daddy. Je n'ai pas l'intention de l'abandonner. Il n'a plus que moi.

Doucement, Meredid remarqua :

– Croyez-vous ?

Buddug comprit ce que cette question laissait entendre et elle sauta au cou de Mrs Price qui lui murmura :

– Ce matin, vous m'avez posé une question fort gênante à laquelle je n'ai pas voulu répondre. Maintenant que votre père est dans le malheur, je peux vous dire que vous ne vous trompiez pas en ce qui concerne mes sentiments et que... que je n'aurais pas de plus grande joie que de pouvoir vous considérer comme ma vraie fille.

– Merci, mummy... Pour Caradog, j'ai raison, n'est-ce pas ?

– Oui. Allez trouver Caradog, mais s'il accepte que vous lui rendiez sa parole, vous pouvez être sûre qu'il recevra la plus belle fessée que fiancé ait jamais reçue !

Buddug eut du mal à dénicher Caradog qui, à quatre pattes dans l'herbe, essayait de découvrir la retraite de Tommy. Il ne prit pas garde à l'approche de sa camarade et, quand elle prononça son nom, il bondit sur ses pieds.

– Ah ! c'est vous, Buddug ? Vous m'avez flanqué une de ces peurs ! Vous venez m'aider à chercher Tommy ?

– Non. Abandonnez Tommy, pour un instant, Caradog. J'ai à vous parler.

– A me parler ?

– Vous êtes au courant de ce qui est arrivé à daddy, bien sûr ?

– Bien sûr, mais je ne suis pas assez bête pour croire que votre père ait tué qui que ce soit !

– Je suis contente que vous pensiez cela, Caradog. Cependant, daddy est en prison.

– Il ne tardera pas à en sortir.

– En attendant, pour tout Brecon, je suis la fille d'un meurtrier et c'est pourquoi je vous rends votre parole, Caradog.

– Vous ne voulez plus m'épouser?

– Je n'en ai plus le droit.

– Je comprends... Vous avez trouvé cette excuse pour vous débarrasser de moi! Hier, vous avez essayé à cause de Meirion Perry, et maintenant, c'est l'accident arrivé à votre père... Ah! Buddug, vous me décevez...

– Mais Caradog...

– Il n'y a plus de Caradog! Savez-vous ce que vous êtes? Une hypocrite, ma chère!

– Moi, je suis une hypocrite?

– Parfaitement!

– Et en quoi suis-je une hypocrite, s'il vous plaît?

– Parce que vous vous cachez derrière votre père pour me laisser tomber!

– C'est un comble!

– Ce n'est pas moi qui le dis!

– Caradog, êtes-vous idiot ou feignez-vous de l'être?

– Ne cherchez pas de faux-fuyants!

– Caradog, j'ai envie de vous gifler!

– Si vous me giflez, je vous le rendrai! En tout cas, je ne vous pardonnerai jamais votre démarche! Reprenez votre parole puisque vous en avez tellement envie et laissez-moi tranquille!

– Mais enfin, Caradog, ce n'est pas moi qui reprends ma parole, c'est vous!

– Moi? Elle est raide, celle-là! Je n'ai rien repris du tout, il me semble?

– C'est-à-dire...

– C'est-à-dire que vous ne vous sentez pas le courage de m'avouer en face que vous ne désirez plus vous marier avec moi!

– Mais si!
– Si? Alors, qu'est-ce que vous me racontez depuis dix minutes?
– Caradog, c'est à cause de mon père...
– Qu'est-ce que votre père a à voir là-dedans?
– Il est en prison... et je suis sa fille...
– Et alors?
– Ce n'est pas possible... vous le faites exprès?
– Buddug, ce n'est pas votre père que j'épouserai, mais vous, et votre père aurait pu zigouiller une douzaine de personnes, ça ne changerait rien! Vous serez ma femme, un point, c'est tout!

Un peu inquiète, Meredid les surveillait à travers la fenêtre et quand elle les vit revenir, la main dans la main, elle fut rassurée. Ils entrèrent et, se plantant devant elle, Caradog décréta :
– Mummy, Buddug et moi, nous avons décidé, si vous le voulez bien, de partir pour Cardiff afin d'aider son père à sortir de prison. J'ai pensé que la tante Sioned pourrait nous héberger. Croyez-vous qu'elle acceptera?
Miss Sioned Price était la belle-sœur de Mrs Price.
– Sans doute, mais de quelle façon comptez-vous vous y prendre pour sortir Mr Morgan de prison?
Buddug répliqua très vite :
– On trouvera le véritable meurtrier!
Emue, Meredid contemplait ce petit bonhomme et cette petite bonne femme qui, tranquillement, annonçaient qu'ils se préparaient à donner une leçon aux policiers chevronnés du CID. Estimant qu'un pays qui donnait des enfants de cette qualité était un fameux pays, elle ne songea pas à leur prouver l'absurde prétention de leur projet et décréta paisiblement :
– Courez vite chez vous prendre votre linge, Buddug. Préparez votre valise, Caradog, nous tâche-

rons de sauter dans le car de 14 heures et je vous laisserai chez tante Sioned.

Le constable Jenkins s'approcha du car où Mrs Price et les deux enfants avaient pris place.

– Bonjour, Mrs Price. Vous partez en promenade?

Le lourd véhicule démarra avant que Meredid ait répondu; mais, se penchant à la fenêtre, Buddug lança au constable :

– Nous allons délivrer daddy!

III

– Mabli, mon chou, vous êtes la seule femme qui compte pour moi!

– Je n'en suis pas tellement sûre...

– Méchante! Que faut-il faire pour vous le prouver?

– Me demander ma main!

Frappé par ce coup imprévu et qu'il qualifiait, intérieurement, de nettement déloyal, le sergent Andreas Pantrych resta un instant sans voix, ce dont on profita – à l'autre bout du fil – pour s'enquérir si c'était la perspective du mariage qui le rendait muet.

– Mabli! Comment pouvez-vous penser une chose pareille? Vivre toute ma vie à vos côtés? Mais c'est mon seul rêve!

– Un rêve facile à réaliser, darling... Nous prenons rendez-vous devant l'officier d'état civil. Cela peut être mené très rapidement. On fixe une date, cher Andreas?

Pantrych eut l'impression de voir un abîme s'ouvrir sous ses pas. Il lui fallait manœuvrer avec infiniment d'habileté pour ne pas y tomber.

– D'accord, mais... après, Mabli?

– Quoi, après?

– Supposez-vous seulement ce qu'est l'existence de l'épouse d'un sergent du CID? Jamais une heure fixe pour rentrer, jamais une sortie assurée, jamais de vie de famille... Un foyer dont le mari est sans cesse absent! Non, sincèrement, je vous aime trop, Mabli, pour vous imposer un sort pareil!

A ce moment-là, le constable Fychan Mortimer, que l'âge confinait dans la charge de planton, frappa doucement sur l'épaule de Pantrych et lui glissa dans l'oreille :

– Sergent, l'inspecteur Griffiths vous fait dire que, lorsque vous aurez terminé votre numéro de charme, il serait heureux de vous recevoir dans son bureau pour vous parler d'affaires qu'il s'excuse de tenir pour plus importantes que les soucis de miss Domkey...

Le sergent bénit l'initiative de son chef qui lui permettait d'interrompre un dialogue risquant de devenir pénible.

– Hello! Mabli... Je suis obligé de vous quitter, mon chou... On m'appelle au rapport, alors que j'aimerais tant rester avec vous! Quel métier! J'irai vous chercher à 5 heures?

– D'accord, mais vous n'en avez pas fini avec cette question de mariage, Andreas Pantrych!

Le policier reposa le téléphone en soupirant. Si Mabli n'était pas aussi jolie, comment il la laisserait tomber!

L'inspecteur Griffiths, du premier abord, ne paraissait pas d'une humeur aimable en ce début d'après-midi. Il accueillit assez mal son subordonné.

– Pantrych, oui ou non, perdrez-vous cette habitude de considérer le bureau du CID comme une officine du courrier du cœur?

– Mais, chef, ayant assuré la garde et la permanence cette nuit, j'espérais être libre quarante-huit heures! J'avais promis à Mabli de...

– Ce que vous aviez promis à cette jeune personne ne m'intéresse pas, sergent! Il y a le service, un point c'est tout! Et si vous êtes pas content, prenez-vous-en au meurtrier de Gwylin Hughes! Asseyez-vous!

Andreas obéit sans piper mot. Il savait reconnaître les instants où il était préférable de ne pas tenir tête à Griffiths.

– Pantrych, cette histoire m'embête... Le type qui est sous les verrous semble ne rien comprendre à ce qui lui arrive et Mrs Hughes jouit d'une excellente réputation... Qu'est-ce que ce gars de Brecon fichait chez elle à une heure pareille, en l'absence du mari et pourquoi ce dernier est-il revenu?

– Sans doute se doutait-il de quelque chose?

– Impossible, puisque c'était la première fois – d'après ce qu'ils affirment l'un et l'autre – que Morgan mettait les pieds chez les Hughes.

– Dans ce cas, on l'aura prévenu?

– Alors, comment cet inconnu ou cette inconnue pouvait savoir ce dont Mrs Hughes et Morgan jurent n'avoir eu l'idée qu'au dernier moment, c'est-à-dire de dîner ensemble à Fairwater?

Pantrych se gratta furieusement le crâne, signe, chez lui, d'une réflexion intense.

– Ma foi, chef, j'ai l'impression que cette histoire, qui me paraissait si claire, s'obscurcit très vite!

– Et plus encore que vous ne le soupçonnez, Andreas, car je voudrais bien qu'on m'explique pourquoi le chandelier – qui a servi à l'assassin pour tuer Hughes – ne portait que les seules empreintes digitales de Morgan. Avait-on fait le ménage juste avant qu'il n'arrive? Des questions qu'il vous faudra aller poser à Fairwater tout à l'heure, sergent.

– Chef, ne pourriez-vous y envoyer Roberts ou Glynham? Je dois passer prendre Mabli chez elle à 5 heures et...

– Sergent, mettez-vous une fois pour toutes dans

l'esprit que je me moque de vos amours et que si vous ne tenez pas à vous retrouver agent de la circulation dans High Street, il serait bon que vous pensiez seulement à votre métier. Vu?

– D'accord, chef.

– Et maintenant, filez me chercher ce Morgan.

Miss Sioned Price, sœur aînée d'Emrys Price, défunt mari de Meredid et père de Caradog, touchait à la cinquantaine. Elle ne s'était jamais mariée – au temps où cela lui eût été possible – estimant que le mariage se révélait incompatible avec cette passion de la liberté qu'elle portait en elle. Au surplus, il se serait avéré délicat de lui dénicher un époux assorti, Sioned mesurant près de six pieds (1). Parfaitement adaptée au célibat, elle vivait heureuse dans l'appartement hérité de ses parents à Glynn Street, se gavant de pâtisserie et passant tout le temps que lui laissait son métier de dactylographe à domicile, à regarder la télévision. Le résultat de ces deux activités annexes faisait que Sioned atteignait le poids respectable de deux cent dix-sept livres et connaissait par cœur le pedigree et les aventures sentimentales des artistes du petit écran.

En entendant sonner, miss Price ouvrit les yeux – la chère demoiselle ayant la paisible habitude de s'adonner aux douceurs de la sieste après les repas qu'elle se préparait toujours copieux – et maugréa, n'aimant pas être dérangée. Elle s'extirpa avec effort du vieux fauteuil familial où son père était mort d'un anévrisme de l'aorte et qui se trouvait le seul siège capable de la recevoir. Toutefois, sa grimace de mauvaise humeur se changea en un sourire rayonnant lorsque, la porte ouverte, elle vit

(1) 1 m 80.

Meredid et Caradog, accompagnés d'une fillette inconnue.

– Meredid! Quelle bonne surprise!

Elle étreignit sa belle-sœur, engloutit littéralement Caradog qui dut se libérer en usant des poings et des pieds pour échapper à l'étouffement. Miss Price montra ensuite Buddug d'un doigt qui ressemblait à une saucisse et s'enquit :

– Qui est cette mignonne?

– La fiancée de Caradog.

– Hein?

Lorsque tout le monde fut assemblé autour de la théière préparée en grande hâte – mais sans omettre un seul des rites sacro-saints – par miss Price, Meredid expliqua l'engagement de Caradog et de Buddug. Amusée, Sioned leur donna à tous deux une tranche supplémentaire de cake et, parce qu'elle prétendait sentir le besoin d'apaiser l'émotion qui l'agitait, elle en prit une également. Quand on fut rassasié, Mrs Price dut fournir à sa belle-sœur les raisons de son voyage à Cardiff.

– Avez-vous lu, Sioned, le récit de ce meurtre qui a eu lieu cette nuit à Fairwater?

– Bien sûr! Gwylim Hughes assassiné par un certain Morgan...

– Il s'agit du père de cette petite.

Avant que la grosse demoiselle ait pu se livrer à des commentaires qu'elle craignait déplaisants à entendre pour Buddug et pour elle-même, Meredid se jeta avec fougue dans une défense passionnée pour Ianto Morgan. Sioned l'écouta en silence et lorsque sa belle-sœur eut terminé, elle se contenta de remarquer :

– Vous me paraissez prendre particulièrement à cœur la cause de ce garçon?

La confusion de Meredid n'échappa pas à l'œil sagace de miss Price.

– Je vois... Le veuvage vous pèse, hein?

– Je vous en prie, Sioned...
– Je ne vous le reproche pas, mais, tout de même, vous pourriez mieux choisir qu'un assassin, non?
– Miss, daddy n'est pas un assassin!
Sioned se tourna lentement vers Buddug qui ajouta :
– Et ceux qui pensent le contraire sont aussi bêtes que les policiers de Cardiff!
Un flot de sang monta au visage de miss Price à qui personne, depuis trente ans, dans son quartier de Canton, n'aurait osé parler sur ce ton. D'une voix, dont le calme apparent laissait par instant percer la rumeur de tempêtes proches, elle s'enquit :
– Dois-je comprendre, ma jeune demoiselle, que vous me comptez parmi ces imbéciles?
– J'en ai le regret, miss.
D'un élan – qui fit penser Meredid à une éruption volcanique – Sioned se dressa, repoussa son fauteuil et rugit :
– Et si je vous administrais une fessée pour votre insolence, que diriez-vous?
– Que ça ne prouverait pas que j'aie tort.
A son tour, Caradog se mêla au combat :
– Je ne vous laisserai pas toucher à Buddug, tante Sioned!
Furieuse, miss Price s'adressa à Meredid :
– Mes félicitations, Meredid, voilà ce que j'appelle une bonne éducation!
– Défendre son père n'est pas la preuve d'une mauvaise éducation, il me semble, Sioned? Et que Caradog ne veuille pas qu'on batte Buddug est normal. Il me décevrait s'il agissait autrement!
– En somme, tout le monde est contre moi? Dans ces conditions, pour quelle raison êtes-vous venus?
– Pour solliciter votre aide.
– Dans quel but?

– Prouver l'innocence de Ianto Morgan.
– Simplement?
– Simplement.
– Vous ne manquez pas d'un certain aplomb, Meredid! Vous oubliez que je suis honorablement connue et...
– Daddy aussi est honorablement connu à Brecon!
Cette fillette énervée, tendue, partagée entre la colère et l'angoisse, commençait à intéresser miss Price.
– Bon... En somme, vous avez un daddy qui n'a point de défauts?
– Si...
– Vous m'étonnez!
– Il a le complexe des blondes...
Buddug reprit sa démonstration touchant les rapports de Ianto Morgan et des personnes aux cheveux clairs. Sioned regarda la chevelure de sa belle-sœur.
– Dans ce cas, je ne vois pas comment...
Meredid dit très vite :
– Les sentiments qu'on porte à quelqu'un ne sont pas forcément payés de retour.
Miss Price soupira :
– En somme, c'est le gâchis dans tous les compartiments, hein? Il m'intrigue, ce Ianto pour qui tout le monde brûle de se dévouer et qui me paraît témoigner de ce bel égoïsme inhérent au sexe masculin!
Buddug protesta :
– Daddy n'est pas égoïste, mais il a besoin d'être surveillé pour l'empêcher de commettre des sottises.
– Dommage, dans ce cas, que vous ne l'ayez pas accompagné à Cardiff! Bon!... Eh bien! je serais heureuse que vous me parliez un peu plus de ce

Ianto Morgan qui vous cause tant de tracas et qui, je le suppose, va m'en apporter aussi...

– Mais, enfin, Mr Morgan, dites quelque chose! Quittez cet air abruti! On a l'impression que vous revenez de la lune et que vous ne parvenez pas à reprendre votre équilibre terrestre!

Exaspéré, Griffiths martelait son discours de coups de poing assenés sur son bureau et dont l'écho, répercuté dans les couloirs, avertissait le personnel du CID que ce n'était pas vraiment le moment de prendre contact avec l'inspecteur. Depuis qu'il connaissait son chef – il y avait quelques belles années –, Pantrych s'interrogeait pour essayer de décider si les colères de Griffiths étaient sincères. Il n'y était pas encore parvenu.

– J'ai téléphoné à Brecon. Je n'ai entendu que des éloges sur votre compte. Là-bas, nul ne paraît comprendre ce qui vous est arrivé.

– Je ne le comprends pas non plus, monsieur l'inspecteur.

Le plus fort, c'est qu'il était vraisemblablement sincère, ce Morgan! On ne pouvait prétendre qu'il était prostré, face au policier l'interrogeant, mais ahuri. Un drôle de corps, que Griffiths soupçonnait ou d'une extrême habileté, ou d'une naïveté sans limites.

– Voyons, Mr Morgan, reprenons tranquillement les événements en suivant l'ordre chronologique.

A la petite table où il sténographiait les demandes et les réponses de Griffiths et de Morgan, le sergent ne put s'empêcher de lever très haut les sourcils en entendant son chef annoncer sa volonté de parler tranquillement.

– Donc, vous avez rencontré Mrs Hughes il y a eu huit jours hier?

– Oui.

– A Bute Water West?

– Oui.
– Et vous ne la connaissiez pas?
– Non.
– Mais vous l'avez tout de même abordée...?
– Je vous ai expliqué, monsieur l'inspecteur, j'ai cru à son intention d'attenter à ses jours et...
– Et vous vous êtes précipité... C'est très sympathique si vous dites la vérité, très malin dans le cas contraire. Naturellement, Mrs Hughes ne désirait nullement en finir avec l'existence?
– En effet, monsieur l'inspecteur. La première surprise passée, elle s'est moquée de moi, puis elle a accepté de prendre le thé en ma compagnie.
– C'est votre habitude, Mr Morgan, d'inviter les inconnues à prendre le thé quand vous venez à Cardiff?
– Non, mais Mrs Hughes – j'ignorais encore qu'elle s'appelait ainsi – m'a fait tout de suite une impression profonde... Je sais bien qu'à mon âge, c'est un peu idiot de parler de coup de foudre... Cependant, je ne trouve pas d'autre expression.
Griffiths s'adressa au sergent Pantrych :
– Vous qui êtes un spécialiste, Andreas, ça vous paraît possible, le coup de foudre?
– Oh! oui, chef!
– J'aurais dû m'en douter! Lorsque vous avez appris qu'il s'agissait de Mrs Hughes, vous n'avez pas été étonné qu'une femme de cette classe sociale se conduise de... de cette façon?
– Son nom ne me disait rien, monsieur l'inspecteur. Je ne suis pas de Cardiff. Ce sont les policiers qui m'ont révélé l'importance des Hughes.
– Et vous estimez normal qu'une femme ignorant tout de vous accepte de vous rencontrer en cachette?
– J'étais trop heureux pour me poser des questions.
– Comme je n'ai pas les mêmes motifs que vous,

Mr Morgan, je suis obligé de vous les poser ces questions. Vous retrouvez donc Mrs Hughes hier... Où?

– Dans un café, près de la station des cars de Brecon.

– Ensuite?

– Nous avons passé l'après-midi à Symonds Yat, puis nous sommes revenus à Cardiff. On s'est installé dans un autre café... On avait de la peine à l'idée de se séparer.

– Mais enfin, Mr Morgan, vous saviez que cette femme était mariée?

– Oui, mais elle souhaitait divorcer, son mari ne la rendant pas heureuse. Au moment de nous quitter, elle m'a révélé que son mari jouait au golf à Llandrindod Wells, qu'il ne rentrerait pas avant le dimanche soir et que nous pouvions donc dîner ensemble sans crainte d'être dérangés.

– Chez elle?

– Chez elle.

– En pénétrant dans la maison des Hughes, le luxe de cette demeure ne vous a pas frappé?

– Si... J'en ai même fait la réflexion à Catrin... enfin, à Mrs Hughes, en lui confiant que je ne pourrais jamais lui offrir une existence à cette mesure.

– Et alors?

– Elle m'a répondu que cela lui était égal.

– Et vous l'avez crue?

– Pourquoi ne l'aurais-je pas crue?

– Mr Morgan, quel âge avez-vous?

– Trente-trois ans.

– A trente-trois ans, vous ajoutez encore foi aux contes de fées?

– Je ne comprends pas, monsieur l'inspecteur?

– Aucune importance... Je m'en voudrais de vous enlever vos illusions, si ce sont bien des illusions. Parlez-moi du meurtre de Mr Hughes, maintenant.

– Mrs Hughes préparait le café, après le repas. Je suis sorti pour prendre des cigarettes dans le manteau qu'elle avait laissé dans le hall... J'ai buté contre quelque chose... J'ai tâtonné pour trouver la lumière et j'ai découvert cet homme allongé par terre, la tête pleine de sang. Tout de suite, j'ai deviné qu'il avait cessé de vivre. J'éprouvais une telle frayeur que je ne parvenais pas à crier... Machinalement, j'ai ramassé le chandelier dont on s'était servi pour le tuer.

– Qu'en saviez-vous?

– Il y avait du sang et des cheveux collés au pied. C'est à ce moment-là que Mrs Hughes est entrée.

– Vous ne vous doutiez pas qu'il s'agissait du mari?

– Non, puisqu'il se trouvait à Llandrindod Wells.

– Vous ne vous moqueriez pas de moi, par hasard, Mr Morgan?

– Moi? Je ne me le permettrais pas...

– Et vous auriez raison! Mr Morgan, acceptez-vous que je vous confie franchement ce que je pense?

– Je vous en prie, monsieur l'inspecteur.

– Vous êtes la plus étonnante crapule que j'aie jamais rencontrée ou le plus parfait nigaud qu'il m'ait été donné de voir au cours de mon existence! Ceci affirmé, et en attendant de comparaître lundi matin devant le juge, qui prendra la responsabilité de vous garder ou de vous relâcher, vous resterez avec nous...

– Ce Ianto Morgan, si j'en crois ce que vous me racontez, est un homme comme il n'en existe plus. Je vous approuve, Meredid, quoique, à mon avis, vous seriez mieux inspirée de vous intéresser à un garçon plus énergique car, le cas échéant, cela risque simplement de ne vous faire qu'un enfant de plus... Enfin, ce sont vos affaires. Quant à vous, miss Buddug, qui m'avez l'air de posséder toute l'audace qui manque à votre père, vous m'êtes sympathique. Une gosse qui se bat pour son daddy, c'est assez rare de nos jours. Entendu! Vous pouvez compter sur moi. Je garde les petits, Meredid. Retournez tranquillement à Brecon; nous allons, Caradog, Buddug et moi déclarer la guerre au CID. Joli match en perspective!

Miss Sioned Price gonfla sa formidable poitrine et, à la voir, les trois autres ressentirent un extraordinaire sentiment de sécurité.

Andreas Pantrych admirait en connaisseur la fragile beauté de Catrin Hughes, dont le visage défait paraissait si pitoyable qu'on éprouvait l'envie de la prendre dans ses bras pour la consoler. Le sergent admettait le trouble ressenti par Ianto Morgan. A sa place, il eût agi de même, sans se poser davantage de questions. Griffiths, s'apercevant de l'émoi de son subordonné, le rappela à l'ordre :

– Cela vous gênerait, sergent, de penser à votre travail au lieu de vous perdre dans des rêveries sur la nature desquelles il serait difficile de se tromper?

Confus, Pantrych plongea dans ses papiers.

– Votre récit, Mrs Hughes, correspond parfaitement à celui de Morgan. J'admets que vous dites tous deux la vérité, mais vous me permettrez de m'étonner qu'une femme de votre condition accorde son amitié au premier venu.

– Monsieur l'inspecteur, je suis malheureuse... et une femme malheureuse est toujours prête à n'importe quoi...

– Même au crime?

– Cela s'est vu, mais je pense que celles qui choisissent cette solution sont, physiquement et moralement, bâties autrement que je ne le suis.

– Soit... Cependant, je serais curieux de savoir comment la femme d'un des plus importants banquiers du pays de Galles a pu perdre la tête au point d'inviter, la nuit, un gentleman qu'elle ne connaissait pratiquement pas, à dîner en tête à tête avec elle... et cela dans sa maison, dans la maison de son mari.

– Je me doute bien que tout ceci vous scandalise, monsieur l'inspecteur. Pourtant, je souhaiterais vous faire comprendre que, privée de tout contact avec l'existence vraie, contrainte à ne jouer qu'un rôle de parade, ma rencontre avec Mr Morgan a été... Oh! de quelle façon vous expliquer?... Une sorte de promesse, d'assurance qui m'était soudainement donnée que tout n'était pas fini pour moi. Cela peut vous surprendre, mais, cet après-midi passé à Sydmonds Yat parmi les petites gens heureux, en partageant leurs modestes joies, leur gaieté, m'a rendu ma jeunesse, du temps où, moi aussi, je m'amusais un peu. J'ai complètement oublié qui j'étais pour ne me souvenir que de celle que j'avais été. C'est celle-là... qui n'était pas Mrs Hughes.. qui a follement invité Mr Morgan à faire la dînette dans la cuisine... Dans la cuisine, monsieur l'inspecteur... comme autrefois!

Le sergent Pantrych, la gorge serrée, écoutait, négligeant de noter.

– Pensez-vous vraiment, monsieur l'inspecteur, que si j'étais une... une mauvaise femme, j'aurais mangé avec mon hôte à la cuisine?

– Quelles étaient donc vos intentions à l'égard de Mr Morgan?

– Je l'ignore... Sûrement continuer à le rencontrer. Je n'envisageais pas plus loin. D'ailleurs, il s'apprêtait à partir lorsque... lorsqu'il a découvert le...

Sa voix mourut dans un sanglot. Griffiths la laissa

pleurer un instant avant de reprendre l'interrogatoire.

– Mrs Hughes, qui attendiez-vous au Bute West Dock?

– Personne.

– Pourtant, Mr Morgan...

– Je sais... monsieur l'inspecteur; je crains que vous ne vous moquiez de moi...

– Je vous assure, Mrs Hughes, que je songe à tout, sauf à me moquer de vous. Continuez.

– Souvent, je partais l'après-midi dans des coins de Cardiff où je m'inventais des rendez-vous... un marin sur les docks... un professeur dans les jardins Alexandra... un médecin dans Newport Road, et je rêvais de départ, d'enlèvement... A travers Mr Morgan, ce sont ces songes si longuement, si vainement nourris, que je rejoignais.

– En répondant à Mr Morgan que vous attendiez quelqu'un qui n'existait pas, vous lui mentiez?

– Pour les gens raisonnables, il est évident que je mentais; mais, pour moi, ce n'était pas un mensonge, car depuis des années j'attendais quelqu'un qui ne venait pas...

Iwan Griffiths n'était pas d'une nature romantique et il perdait pied dans ces histoires de rendez-vous avec des fantômes.

– Comment expliquez-vous, alors que nul – pas même vous, si j'en crois à votre récit – ne pouvait deviner vos intentions touchant la soirée, que votre mari soit revenu de Llandrindod Wells pour vous surprendre?

– Je ne me l'explique pas.

– Il ne vous avait pas paru plus sombre que d'habitude dans les jours précédents? Vous a-t-il donné l'impression de vous soupçonner?

– Et de quoi m'aurait-il soupçonnée?

– Mrs Hughes, le soupçon se nourrit de songes, lui aussi.

Elle hésita un instant; puis, secouant la tête :

– Non, ce n'est pas possible... Gwynlim ne s'intéressait pas à mes faits et gestes.

– Sa mort tendrait à prouver le contraire.

– C'est pourquoi il y a sûrement une autre explication à un retour peut-être dû au hasard?

– Nous n'aimons pas beaucoup le hasard, au CID. Maintenant, Mrs Hughes, je vous prie de prêter attention à ce que je vous demande : croyez-vous que Mr Morgan ait tué votre mari?

Une fois encore, elle donna l'impression de lutter contre elle-même et, d'une voix brisée :

– Je ne peux pas répondre. Je n'ai rien vu, rien entendu... Mais si c'était Mr Morgan, il ne pourrait s'agir que d'un accident.

– Ce genre d'accident, nous l'appelons crime, ici.

– Ou bien d'un réflexe d'autodéfense?

– Nous n'avons pas relevé trace de lutte.

– Ce n'est pas tout ça, dit la tante Sioned, puisque nous devons nous battre, il importe de savoir sur quel terrain nous livrerons bataille. Donc, je propose de bien mettre au clair les données du problème qu'il nous faudra résoudre pour rendre son père à cette jeune personne dénommée Buddug Morgan.

Posant délicatement ses lunettes sur un nez qu'elle avait petit, miss Price entreprit de lire à haute voix le compte rendu de Iago Llewellyn dans le *South Wales Echo and Evening Press*. Meredid, connaissant l'article, ne prêtait qu'une oreille distraite à sa belle-sœur et regardait les visages attentifs des deux enfants. Soudain, Buddug poussa un cri qui fit sursauter Sioned.

– Eh bien! Qu'est-ce qui vous prend?

– S'il vous plaît, voulez-vous répéter cette dernière phrase :

– Elle ne m'a pas paru... Enfin... *Triste soirée pour la charmante et blonde épouse de Mr...*

– J'en étais sûre!

Miss Price, dont la patience ne s'affirmait pas la qualité dominante, regarda sévèrement Buddug par-dessus ses lunettes.

– Et sûre de quoi, miss?

– Une blonde! C'est une blonde! Je vous l'ai dit, chaque fois que daddy a des embêtements, il y a une blonde dans le coup! Miss Price, savez-vous si Eve était blonde?

– Eve? Quelle Eve?

– Celle qui vivait au paradis!

– Vous voudrez bien m'excuser, Buddug, mais quoi que je puisse vous paraître très âgée, je ne le suis pourtant pas assez pour avoir connu cette dame!

– Dommage...

– Que je ne sois pas si vieille?

– Non. Qu'on ne sache pas la couleur des cheveux d'Eve...

– Et pourquoi donc?

– Parce que si elle était blonde, cela expliquerait bien des choses... pour peu que Mr Adam ait été quelqu'un dans le genre de daddy!

Alors que l'inspecteur Griffiths s'apprêtait à congédier Mrs Hughes, le constable-planton Fychan Mortimer lui annonça qu'Ifor Hughes, frère de la victime, se trouvait dans l'antichambre.

– Ifor Hughes? Faites-le entrer!

Catrin poussa un cri :

– Oh! non, inspecteur, non! Pas lui!

– Vous en avez peur?

– Il me déteste.

Ifor Hughes se présentait sous les trais d'un assez bel homme ayant dépassé la quarantaine, d'allure sportive et vêtu de tweed clair. A la vue de sa belle-sœur, il marqua un temps d'arrêt avant de gronder :

– Vous y êtes arrivée, hein? Vous avez réussi à vous débarrasser de Gwylim! Il y a des années que vous espériez ce moment-là! Mais, ma petite, si vous vous imaginez profiter de votre crime, vous vous trompez! Vous ne l'avez pas encore touchée votre assurance de cinquante mille livres! Pas un sou, vous entendez? Vous n'aurez pas un sou, quand je devrais vous traîner de procès en procès pendant tout le temps qui me reste à vivre! En admettant qu'on ne vous pende pas, bien entendu!

Mrs Hughes poussa un gémissement de terreur et enfouit son visage dans ses mains. Le sergent Pantrych ressentait une furieuse envie de boxer ce malotru. Quant à Griffiths, il regardait et écoutait, les yeux mi-clos. Ifor continuait :

– Vous pouvez pleurer, ma chère, il est bien temps! Serait-ce le remords qui vous travaille déjà?

L'inspecteur intervint :

– Ça suffit, Mr Hughes... Asseyez-vous!

– Mais...

– Asseyez-vous!

Ifor Hughes prit place sur la chaise qu'on lui désignait.

– Mr Hughes, je comprends votre émotion, mais ni les cris ni les injures ne sont de mise dans ce bureau et en ces circonstances. Je vous serais fort obligé de vous en souvenir.

– Excusez-moi...

– Votre frère a été assassiné. Je vous donne ma parole que nous nous emploierons de notre mieux à trouver le coupable.

Hughes montra sa belle-sœur d'un doigt que sa colère agitait d'un tremblement nerveux.

– Mais c'est elle la coupable! Elle haïssait Gwylim qu'elle n'avait épousé que pour son argent!

– Ifor... Je vous en supplie... par pitié!

– Pitié? Vous en avez eu, vous, de la pitié? Vous vouliez votre liberté, mais pas sans l'argent! En tuant mon frère, vous tentiez de réussir coup double!

Griffiths remarqua :

– Ce n'est pas votre belle-sœur qui a tué votre frère, Mr Hughes, mais peut-être un nommé Ianto Morgan...

– Qui?

– Ianto Morgan.

– Vous êtes sûr?

– Non; mais il se trouvait avec Mrs Hughes quand on a tué son mari.

Incrédule, Ifor répéta :

– Ianto Morgan... Mais, d'où sort-il celui-là?

– De Brecon; Mrs Hughes, vous pouvez vous retirer, mais, naturellement, je vous demande de rester à la disposition de la justice, de ne pas quitter Cardiff sans nous en avertir et de faire en sorte que nous puissions vous toucher à n'importe quel moment de la journée. Sergent, reconduisez Mrs Hughes.

Sa belle-sœur partie, Ifor Hughes pria l'inspecteur de ne pas lui tenir rigueur de son emportement. Il est vrai que Catrin et lui se détestaient, la jeune femme s'étant tout de suite rendu compte que son beau-frère avait percé son jeu à jour.

– Quel jeu?

– Catrin Snell n'occupait qu'un emploi de simple secrétaire dans nos services. Elle a fait des pieds et des mains pour remplacer auprès de mon frère, en qualité de secrétaire privée, la vieille Lowri Crachen, arrivée à l'âge de la retraite. Dans notre personnel, il y avait des gens plus qualifiés que Catrin pour occuper ce poste difficile, mais miss Snell possédait beaucoup plus de sex-appeal que ses concurrentes et, de plus, si Gwylim s'affirmait remarquable en matière de finance, pour ce qui regardait les femmes, il n'y connaissait rien. Catrin Snell n'eut pas besoin de plus d'une année pour traîner mon frère devant le maire et le pasteur. Du beau travail!

– Vous la détestez?

– Je la hais, monsieur l'inspecteur, à cause de son cynisme, de son hypocrisie, parce qu'elle a rendu malheureux Gwylim qui, lui, l'aimait. Lorsqu'il a signé cette assurance de cinquante mille livres, je l'ai mis en garde; c'est tout juste si nous ne nous sommes pas brouillés à cette occasion.

– En dehors de la question de son mariage, vous vous entendiez bien avec la victime?

– Gwylim avait douze ans de plus que moi... C'est à lui que je dois ma situation. Quand il a été nommé directeur de la banque, avant d'en devenir le plus gros actionnaire, il m'a procuré le poste de fondé de pouvoir. Nous avons travaillé côte à côte pendant quinze ans.

– Est-ce vous qui allez le remplacer à la tête de la banque?

– Sûrement pas. Je connais mes limites, monsieur l'inspecteur. Je n'ai pas l'étoffe suffisante pour assumer de telles responsabilités. J'espère conserver ma place. Là se bornent mes ambitions.

– Pour vous, pas l'ombre d'un doute : Catrin Hughes a tué son mari pour toucher les cinquante mille livres de l'assurance et refaire sa vie?

– J'en suis certain!

– Seulement, Mr Hughes, ce n'est pas votre belle sœur qui a frappé votre frère... Pour l'instant, comme vous le savez, nos soupçons se portent sur un nommé Morgan qui était à ses côtés lorsqu'on assassinait son mari...

– Parbleu! Elle est assez maligne pour avoir embobeliné un imbécile et le charger de la besogne à sa place!

– Est-ce que la vie privée de Mrs Hughes prêtait à des commentaires... fâcheux pour sa réputation?

– Non... et je le regrette. Sous son apparence fragile, cette fille a une volonté de fer. Elle n'allait pas compromettre sa situation par des sottises sentimentales, vous pensez bien. Je l'ai épiée, surveillée, observée... en pure perte. Pas très joli de ma part, j'en conviens, mais j'aurais donné n'importe quoi pour démontrer à mon frère qu'elle abusait de sa confiance. Je dois avouer que je n'y suis pas parvenu.

– Merci de votre franchise, Mr Hughes. Vous n'étiez pas chez vous, cette nuit?

– Non. J'ai, depuis quelques années, une maîtresse... Tout ceci entre nous, n'est-ce pas, monsieur l'inspecteur?

– Je vous donne ma parole que si cette dame n'est en rien mêlée au drame nous intéressant, il ne sera fait aucune allusion à son existence.

– Je vous en remercie, Cystennin Blacnavon n'appartient pas à notre monde. Elle est caissière à *L'Olympia*. Notre différence de situation m'interdit de l'épouser pour ne pas nuire à ma carrière. Ces gentlemen du conseil d'administration sont très à cheval sur les principes. Cystennin a accepté cette vie. Tous les vendredis, je me rends au spectacle de *L'Olympia* et nous rentrons chez elle, ensemble, après la représentation... 122, Warwick Street, dans Grangetown, et je ne retourne chez moi, à Montgomery Street, que le dimanche soir. Nous avons l'habitude de faire la grasse matinée, le samedi, et de nous retrancher du monde. C'est par le journal que j'ai appris la terrible nouvelle, il y a moins d'une heure, et c'est la raison pour laquelle je me présente devant vous avec autant de retard.

– Pour observer la routine, je dois vous demander si, à part miss Blacnavon, vous pouvez trouver un témoin vous ayant vu à *L'Olympia* au moment du crime ?

– Je ne me souviens plus si cette heure était indiquée sur le journal.

– Non... Elle se situe entre 22 heures et 22 h 30.

– Ma foi... je ne vois pas...

Soudain, Ifor Hughes se mit à fouiller ses poches.

– Attendez !... Je n'ai pas changé de costume, et pour cause... Peut-être alors que... Voilà !

Il brandit un petit bout de carton.

– Mon billet d'entrée à la séance d'hier soir, à *L'Olympia* !

– C'est parfait. Pas d'inconvénient à ce que je le garde ?

– Bien sûr que non.

– Encore un mot, Mr Hughes : votre frère aimait-il sa femme ?

– Il l'adorait, monsieur l'inspecteur.

– Donc, il n'envisageait pas de divorcer ?

– Divorcer ? Malheureusement non !...

– Une chose me chiffonne : si votre frère tenait tellement à sa femme, pourquoi la laissait-il seule du vendredi midi au dimanche soir ?

– Ce n'est pas lui, c'est elle qui le laissait ! Le médecin exigeait que Gwylim prît de l'exercice et le golf était pour lui un remède tout autant qu'une distraction. Mais Catrin s'ennuyait à Llandrindod Wells. Elle préférait rester à Cardiff.

Meredid Price devait retourner à Brecon le soir même, étant de garde le lendemain dimanche au Trinity Hospital. Avant de reprendre le car, elle tint à effectuer une démarche auprès de cet inspecteur pour lui expliquer la personnalité de Ianto Morgan. Elle estimait le devoir au père de Buddug et se figurait naïvement que les policiers du CID tiendraient son opinion pour preuve. La tante Sioned désapprouva cette initiative qu'elle assimilait à une compromission avec l'adversaire. Buddug et Caradog obtinrent la permission de l'accompagner.

Lorsque Ifor Hughes se fut retiré, le sergent s'enquit timidement :

– On met en veilleuse jusqu'à lundi, chef?

Sèchement, Griffiths lui ôta toute espérance :

– Vous me décevez, Andreas! C'est d'un meurtre que nous avons à nous occuper! Vos amours attendront, si vous le voulez bien, que nous ayons terminé notre tâche. Vous allez me faire le plaisir de filer à *L'Olympia* et de vérifier si cette miss Blacnavon y est caissière et si elle se trouvait à son poste hier soir. Je vous attends.

Pantrych sortit la mort dans l'âme. Le planton, Fychan Mortimer, voulut plaisanter :

– Les meurtres n'ont pas l'air de vous réussir, sergent?

Mais Andreas n'était pas d'humeur à rire.

– Appelez-moi le 27-431 et épargnez-moi vos réflexions idiotes, Mortimer!

Vexé, Fychan se tut et composa le numéro demandé. Quand il eut la communication, il tendit l'appareil à Pantrych sans un mot.

– Hello! Mabli? C'est votre Andreas...

– Il ne serait pas en train de me poser un lapin, des fois, mon Andreas?

– Mabli, je compte sur votre compréhension...

– C'est préférable, parce que, pour la patience, je n'en ai plus beaucoup. Il est 5 h 10... Où êtes-vous?

– Au bureau.

– C'est incroyable! Mais qu'est-ce que vous y fichez donc, dans ce bureau?

– J'y travaille.

– On ne travaille pas le samedi après-midi, la loi l'interdit! Permettez-moi donc de vous dire que si c'est la police qui transgresse les lois, plus rien ne m'étonne! Alors? vous arrivez? La moitié de l'après-midi est gâchée! Et dire que j'ai refusé à Lug Williams d'aller à la campagne!...

Inquiet, Pantrych exigea des précisions :

– Qui est ce Williams?

– Un camarade de bureau... Un bel homme... et qui a des heures de travail régulières, lui! Je vais à votre rencontre?

– C'est-à-dire que je ne suis pas encore tout à fait libre...

– Quoi?

– Dans une heure, je sonne à votre porte.

– Personne ne peut vous en empêcher, mon cher!

Le bruit de l'appareil qu'on raccrochait résonna comme un glas dans le cœur du sergent. Désespéré, il restait planté devant le téléphone lorsque, relevant la tête, il aperçut la plus jolie brune qu'il ait rencontrée depuis longtemps. Oubliant son chagrin, il se précipita :

– Vous désirez, miss...?

– Mrs Price. Puis-je parler à l'inspecteur Griffiths?

– Je suis son adjoint, le sergent Pantrych. C'est à quel sujet?

Le jeune garçon qui accompagnait la ravissante brune répondit pour cette dernière :

– Si mummy veut parler à l'inspecteur, c'est qu'elle estime que cela ne vous regarde pas, sergent!

Andreas était plus habitué aux criminels qu'aux enfants. Il examina avec une curiosité sincère ce petit bonhomme, essayant de se rappeler si lui-même, autrefois, aurait osé parler sur ce ton à un aîné.

– Je crains que cela ne soit pas possible, Mrs Price, l'inspecteur est très occupé.

– Et si vous alliez le lui demander?

Cette fois-ci, la gamine, se tenant de l'autre côté de la visiteuse, intervenait. Ironique, le sergent s'inclina :

– Je pense que c'est inutile miss.

Appelé par un coup de sonnette dans un autre bureau, Fychan Mortimer s'éloigna à regret. Il ne lui déplaisait pas de voir le bel Andreas se faire remettre à sa place par des gosses. Sitôt le planton disparu, Buddug cligna de l'œil à Caradog en signe d'avertissement et, prenant un air innocent :

– Mrs Price, si vous expliquiez au sergent le but de votre démarche? Peut-être alors admettrait-il qu'il vous faut rencontrer l'inspecteur?

Meredid devina que les petits manigançaient quelque chose, mais, dans l'incapacité de l'entrevoir, elle obéit, puisqu'elle n'entendait pas, de toute manière, retourner à Brecon sans avoir apporté son témoignage en faveur d'Ianto. Heureux de l'aubaine, Andreas entraîna la jeune femme sur un banc où, d'ordinaire, s'asseyaient ceux que Griffiths se proposait d'interroger. Dès qu'il apprit que Meredid venait à propos de l'affaire Hughes, il se félicita de sa chance : son entretien avec la charmante brune relevait de sa charge. Laissant les grandes personnes converser, Caradog et Buddug s'éloignèrent insensiblement et discrètement, feignant de s'amuser à épeler les noms inscrits sur les portes des bureaux jusqu'à ce qu'ils lurent : *Iwan Griffiths, inspecteur-chef.*

Griffiths achevait de relire la déposition d'Ifor Hughes. C'était assez accablant pour la veuve, surtout cette question d'assurance qui s'ajoutait à l'aveu fait à Morgan de son hostilité envers son mari et qui venait de loin. Une histoire apparemment très claire mais, en vérité, embrouillée. Un policier débutant, au seul énoncé des faits, sur la simple vue des rapports, aurait conclu à un cadeau offert par le hasard pour accélérer son avancement. L'inspecteur était trop vieux dans le métier pour tomber dans le piège. Ce qui l'ennuyait, c'est que tout le monde apparaissait sympathique dans cette affaire, y compris le mort, si l'on en croyait son frère. Seulement, on ne pouvait ajouter foi au dire des uns et des autres, et ce d'autant plus qu'ils se contredisaient. Morgan semblait ne pas être à sa place dans cette aventure. Catrin Hughes avait-elle cru à une fuite possible pour échapper à une existence qui l'écœurait? Possédait-elle vraiment l'âme de la petite employée qu'elle avait été? Ifor Hughes, emporté par sa rancune et par la tendresse fraternelle, ne noircissait-il pas trop le portrait de sa belle-sœur? Devait-on envisager la possibilité d'un assassin en dehors de ces trois-là? Lorsque Griffiths était en face d'un problème où il n'avançait pas, il avait l'habitude de s'offrir une lampée de whisky, bue à même une bouteille soigneusement cachée dans un tiroir dont il gardait la clé dans son gilet. Tournant le dos à la porte, il ouvrit le tiroir-cave, déboucha le flacon, porta le goulot à ses lèvres, en avala un fameux coup qui le fit frissonner. Ayant rebouché la bouteille, il la recouchait tendrement dans sa cachette quand une petite voix demanda :

– Etes-vous l'inspecteur-chef Griffiths?

Iwan repoussa si brusquement le tiroir qu'il s'y prit les doigts, se pinça cruellement, étouffa un juron et se retourna furieux pour se trouver en présence d'une petite fille qui le fixait sévèrement à ce qu'il lui parut.

– Parfaitement. Et vous?

– Moi, je suis Buddug Morgan.

– Morgan?... Etes-vous parente de...?

– Ianto Morgan est mon père.

– Et alors?

– Alors, il faut relâcher daddy.

– Simplement? Et puis-je vous demander, miss, par où vous êtes entrée?

– Par la porte.

Et, secouant la tête, elle ajouta, pleine de componction :

– Vous ne devriez pas boire, Mr Griffiths...

Un peu confus, l'inspecteur ne savait plus s'il éprouvait l'envie de rire ou de se fâcher.

– Je vous remercie de vous intéresser à ma santé. Qui vous a envoyée ici?

– Personne.

– C'est de votre propre autorité que... Serait-il indiscret de vous prier de me révéler votre âge, miss Morgan?

– Douze ans!

– Nom d'un chien!

– Il me semble que vous jurez, Mr Griffiths? Je ne pense pas que ce soit très correct en présence d'une dame...

– D'une...! Et vous, croyez-vous qu'il soit correct de venir dans mon bureau me faire perdre mon temps au lieu d'aller en classe?

– Si j'allais en classe, Mr Griffiths, qui donc s'occuperait de daddy? Vous estimez qu'il n'a pas commis assez de sottises comme cela?

– Oh! que si! Mais je puis vous assurer qu'il passera un bout de temps avant qu'il n'ait l'occasion d'en commettre d'autres!

– Entendez-vous par là que vous ne voulez pas relâcher daddy?

– C'est exactement ce que j'entends, miss.

– Je le regrette pour vous, Mr Griffiths, mais vous passerez pour un imbécile.

– Vraiment? Et quand cela?

– Lorsque Caradog, la tante Sioned et moi aurons découvert le vrai meurtrier de Mr Hughes.

– Eh bien! tant que ce moment n'est pas venu, miss, je vous serais obligé de me laisser travailler et, une autre fois, avant d'entrer dans un bureau de l'administration, ayez la bonté de vous annoncer... Mortimer!

Le planton se présenta et ses yeux s'arrondirent en apercevant Buddug.

– Par où, diable, est-elle entrée, celle-là?

Griffiths cria :

– C'est justement ce que je comptais vous demander, Mortimer! Vous avez, il me semble, une curieuse conception de vos fonctions de planton! A quoi servez-vous si n'importe qui peut pénétrer dans cette pièce?

– Chef, je n'y comprends rien du tout!

– C'est dommage! Qu'est-ce que c'est que ce vacarme?

– C'est le sergent Pantrych, chef.

– Il est donc devenu fou... Pantrych?...

Le sergent apparut, suivi de Caradog et de Meredid.

– Alors, Pantrych, à quoi jouez-vous?

Andreas montra Caradog :

– Je suis aux prises avec ce jeune gentleman qui estime que je me conduis mal envers sa mère que voilà.

– Qu'est-ce encore que cette histoire de cinglés?

Caradog s'avança résolument vers l'inspecteur :

– Je vous prie de veiller à votre vocabulaire en présence de ma fiancée et de ma mère...

S'adressant à Buddug :

– J'espère que ce policier s'est comporté correctement avec vous, Buddug?

Iwan Griffiths ouvrit largement la bouche pour prendre l'air qui lui manquait avant de hurler :

– Mortimer! Pantrych! Flanquez-moi tout ce monde-là à la porte et si jamais ils repassent le seuil de ce bureau, je vous fais casser, Mortimer!

Poussés par le planton et le sergent, ils sortirent,

mais avant que la porte n'ait été refermée sur eux, l'inspecteur-chef eut le temps d'attraper la question que Caradog posait à sa mère :

– Mummy, pourquoi les policiers sont-ils si mal élevés ?

La voix pointue de la fillette répondit pour Mrs Price :

– Parce qu'ils boivent...

Il l'aurait tuée cette gosse, Griffiths !

En apprenant la façon dont on avait reçu ses protégés, tante Sioned rugit qu'elle leur inculquerait les bonnes manières à ces gens du CID ! Une fois Meredid dans le car de Brecon, miss Price rassembla ses troupes – Buddug et Caradog en l'occurrence – et se lança en direction du CID, pleine dc la véhémente indignation qui agite le cœur de ceux que révolte l'injustice. Les gens regardant passer le trio s'imaginaient voir un cuirassé de la Home Fleet suivi de deux vedettes lance-torpilles.

Le constable de faction à la porte du CID ne crut pas tout de suite que cette énorme femme et ces deux gosses se dirigeaient vers l'entrée qu'il lui incombait de défendre. Quand il en fut convaincu, il était trop tard ! Tante Sioned se trouvait déjà sur lui. Par devoir, il tenta d'esquisser un geste de défense, mais miss Price le regarda d'un tel œil en aboyant : « Rendez-vous avec l'inspecteur-chef Griffiths ! », qu'il s'écarta avec la mentalité du piéton qui, grâce à sa souplesse, a échappé à l'autobus prétendant l'écraser. Buddug et Caradog accrochés à sa jupe, tante Sioned s'engouffra sous le porche. La grosse demoiselle éprouvait tellement de difficulté à se mettre en route, qu'une fois partie, elle évitait tout arrêt qui eût exigé un nouveau et pénible départ. Sur sa lancée, elle avala l'escalier non sans souffler bruyamment. Mortimer, plongé dans l'étude des courses hippiques du lendemain, fut arraché à ses méditations dorées par un bruit insolite lui donnant à penser que quelque chose d'extraordinaire grimpait l'escalier. Il se levait, intrigué, lorsque tante Sioned apparut, toujours flanquée des deux gosses que le planton reconnut. Stimulé par les menaces de l'inspecteur, il se posta les bras en croix au milieu du couloir et ferma les yeux dans l'attente du choc. Il fut littéralement balayé et s'en alla rebondir contre la porte du bureau des dactylos qui s'ouvrit sous le choc, ce qui arracha un hurlement de terreur à ces dames, peu habituées à voir le discret Mortimer entrer chez elles de cette façon.

L'inspecteur-chef Griffiths, pas encore tout à fait remis de l'incident l'ayant mis aux prises avec Buddug et qui le contraignait à réviser ses théories concernant le comportement des petites filles en liberté, se décida – dans le seul but de retrouver son équilibre – à reprendre une goutte de whisky. Il portait le flacon à ses lèvres lorsque le fracas suivant la défaite de Mortimer le fit s'étrangler. Avant qu'il eût repris son souffle, la porte de son bureau éclata littéralement sous la poussée de tante Sioned qui, à la vue de cet homme, une bouteille à la main, s'écria :

– Vous n'avez pas honte?

Iwan Griffiths passait pour un dur et l'on citait aux jeunes les occasions difficiles, dangereuses, où son sang-froid avait fait merveille; mais, cette fois, ahuri, paralysé par la surprise, il ne réagissait pas. En face de cette prodigieuse femme, il se demandait s'il n'était pas la proie d'un cauchemar. Tante Sioned lui enleva toute incertitude en mugissant :

– Ça ne m'étonne plus qu'on commette des erreurs judiciaires si les policiers s'enivrent au lieu de mener leurs enquêtes!

L'inspecteur, ayant récupéré, voulut jouer de l'intimidation :

– Sortez!
– Pas avant que vous ne m'ayez entendue!
– Mortimer!
Mais Mortimer ne se trouvait pas en état d'entendre le moindre appel et l'eût-il entendu qu'il ne se serait sûrement pas risqué de nouveau à une confrontation avec cette montagne vivante qui, pour l'instant, étendant une main apaisante, conseillait :
– Au lieu d'appeler au secours, inspecteur, vous seriez mieux inspiré... Caradog, fermez la porte. Buddug, apportez-moi une chaise.
Un instant, Griffiths souhaita que la chaise s'écroulât sous le poids de la visiteuse. Hélas! l'administration britannique possède des meubles solides! Le siège craqua mais ne rompit point.
– Et maintenant, inspecteur, si on s'expliquait? Pourquoi gardez-vous Ianto Morgan?
Iwan soupira :
– C'est donc ça...
Buddug se porta à son secours :
– Je vous avais parlé de la tante Sioned, monsieur l'inspecteur...
Comprenant que tout recours à la violence amènerait le scandale, Griffiths capitula :
– Je vous écoute...
Très vite, il réalisa que ces gens ne possédaient pas la moindre notion – même la plus élémentaire – de droit criminel et qu'ils se figuraient démontrer l'innocence de Ianto Morgan parce qu'il était le père de celle-ci, l'ami de celui-là et qu'une nommée Meredid l'aimait. Il y avait tant de chaleur dans ces explications saugrenues qu'Iwan Griffiths, en dépit de son expérience et de sa colère, ne put se défendre d'être ému. Il écouta, sans trop en croire ses oreilles, la gamine lui exposer ses inquiétudes quant aux complexes de son père vis-à-vis des blondes, Caradog lui jurer qu'il ne tolérerait pas qu'on inflige la moindre peine à sa caramade et la tante Sioned

lui offrir son aide. Sans parvenir à les convaincre, l'inspecteur leur énuméra les raisons pour lesquelles il ne lui était pas possible de libérer Ianto qui passerait lundi matin devant le juge, seul habilité à décider de son sort. Ils ne semblèrent pas en être autrement persuadés et tante Sioned, se dressant, décida :

– Vous l'aurez voulu, inspecteur! Au lieu d'unir nos efforts, nous allons nous combattre et perdre ainsi beaucoup de temps! Mais que vous vous y opposiez ou non, je rendrai son père à cette petite! Ce jour-là, je reviendrai exiger des excuses!

Majestueuse, elle se retira et Griffiths pensa à une corvette gagnant la haute mer toutes voiles dehors. Au moment de sortir, Buddug, toujours sérieuse, commenta :

– Daddy est parfois insupportable comme tous les hommes, mais il ne mérite pas de rester en prison!

Lorsqu'il fut certain que la troupe s'était éloignée, Griffiths gagna le seuil de son bureau et, d'un ton où grondait tout un monde de rancunes, il lança :

– Et maintenant, Mortimer, venez vous expliquer!

IV

Andreas Pantrych savait que Mabli Domkey n'était pas d'un caractère particulièrement patient. Toutefois, revenant de *L'Olympia*, il ne songea pas à cacher sa désillusion à Fychan Mortimer lorsque le téléphone de sa bien-aimée sonna interminablement sans que cette dernière répondît. Amer, il déclara :

– Fychan, je crois que je ne comprendrai jamais rien aux femmes... En voilà une qui prétend m'adorer, ne pas pouvoir respirer loin de l'air que je respire... et parce que je suis un peu en retard à notre rendez-vous, elle me laisse tomber! Vous admettez ça, vous, Fychan?

– Sergent, après ce que j'ai subi tout à l'heure, je suis incapable d'admettre ou non quoi que ce soit.

Des traces d'épouvante tremblaient encore dans la voix du vieux constable.

– Jamais... vous entendez, sergent? Jamais je n'aurais cru que je pouvais revivre des moments pareils!

– Quels moments, Mortimer?

– Quand j'ai été soufflé par une bombe durant le blitz!

– Et si vous me racontiez tranquillement votre histoire?

Pas encore remis de ses émotions, Mortimer se lança dans un récit pathétique de sa rencontre avec tante Sioned. Il s'y prit de telle manière que Pantrych, incrédule, se demandait si les bureaux du CID, en son absence, n'avaient pas été attaqués par un blindé! Comme il s'avérait peu probable qu'un semblable événement se soit déroulé sans que personne n'ait été au courant, le sergent estima qu'il était grand temps que Mortimer prît sa retraite. Il lui tapota affectueusement l'épaule :

– Mais oui, Mortimer, mais oui...

Le planton pleurait presque :

– A mon âge! Etre catapulté chez ces dames, le derrière en avant! M'étaler au milieu de leur bureau! Vous croyez que je peux supporter ça? C'est bien simple, sergent, je suis déshonoré!

– N'exagérez tout de même pas, Fychan... Le chef est là?

– Non, il est rentré chez lui... Il m'a dit qu'il serait au bureau demain matin à 10 heures et qu'il vous verrait.

– Ah non! Il m'a piqué mon samedi, il ne va pas me piquer mon dimanche! Moi aussi, je rentre chez moi et je ne foutrai pas les pieds dans cette maison avant lundi! Bonsoir, Mortimer!

En quittant le CID, Andreas se rendit chez Mabli, mais la concierge lui apprit que miss Domkey venait de partir bras dessus, bras dessous avec un bel homme qu'elle appelait Lug. Dégoûté du genre humain en général et des représentantes du sexe faible en particulier, Andreas rentra chez lui non sans avoir acheté une bouteille de whisky. Il ne s'endormit qu'après en avoir bu la moitié, ce qui eut pour effet de lui flanquer un mal de mer affreux et de l'engloutir dans des cauchemars atroces. Il se trouvait en plein océan sur un bateau en perdition et ne parvenait pas à quitter sa couchette lorsque retentit la sonnerie d'alarme. Il se débattit tant et si bien qu'il se réveilla et, hagard, la bouche cotonneuse, le crâne serré par une migraine carabinée, il se rendit compte que son téléphone sonnait. Il décrocha et râla un « Hello! » qui, normalement, aurait dû épouvanter son correspondant.

– Vous dormiez, Andreas chéri?

La voix de la traîtresse! Ah! s'il n'avait pas eu si mal à la tête, il lui aurait dit ce qu'il pensait d'elle mais, franchement, il se sentait sans réaction, en dépit de son indignation.

– Oui... je dormais... pas vous à ce qu'il me semble?

Elle eut le rire idiot des gens légèrement pris de boisson.

– J'ai passé une soirée épatante avec Lug...

– Et c'est pour me raconter ça que vous m'appelez à cette heure-ci?

Il raccrocha et enfouit la tête sous les couvertures pour ne plus entendre la sonnerie lancinante. Cette fois, il rêva qu'il étranglait des rivaux ne voulant pas mourir et qui se relevaient chaque fois qu'Andreas les croyait occis définitivement. Quant à l'impudique Mabli, assise sur une table, elle se refaisait une beauté sans se préoccuper du carnage se déroulant à ses pieds. Ecœuré – tout en continuant le massacre entrepris –, Pantrych se répétait qu'on ne connaît jamais bien ceux qu'on aime.

Le lendemain matin, le sergent fit surface dans un dimanche ensoleillé. L'événement était assez rare pour amener l'oubli de tout ce qui aurait pu tarir ou, pour le moins, diminuer l'élan vital secouant les Gallois en présence du soleil. A son tour, Andreas téléphona à Mabli qui souffrait d'un solide mal aux cheveux et ne se rappelait plus bien ce qui s'était passé avant qu'elle ne se mît au lit, sinon que Pantrych avait interrompu fort grossièrement leur conversation. Le policier présenta des excuses qu'on voulut bien accepter, et, bonne fille, miss Domkey – pour bien montrer qu'elle ne tenait plus du tout rigueur à son cavalier servant de l'avoir abandonnée la veille – demanda :

– Où m'emmenez-vous déjeuner, Andreas chéri?

– Que diriez-vous du *Cadena*?

– Oh! chic! Je mettrai ma robe verte! Andreas, vous êtes un amour! A quelle heure venez-vous me chercher?

– Dans une heure. Nous irons nous promener dans Bute Park avant d'aller prendre l'apéritif au *Royal*?

– Formidable! Au *Royal*, nous serons tranquilles pour parler de notre projet.

– Quel projet?

– Mais notre mariage, darling! Avez-vous oublié que vous m'avez pratiquement demandé de vous épouser, hier après-midi? Heureusement que j'ai une meilleure mémoire que la vôtre... A tout de suite, Andreas...

L'esprit en déroute, le sergent pensa qu'il aurait peut-être été mieux inspiré de rester au lit.

Au même moment, dans l'appartement de Glynne Street, on tenait un conseil de guerre. Tante Sioned, généralissime, exposait son plan :

– Nous n'avons pas les moyens financiers de la police pour nous procurer les renseignements qui nous font défaut. Nous irons donc les chercher nous-mêmes! Il faut savoir qui est cette femme qui semble responsable de tout. J'ai relevé son adresse sur le journal. Nous l'attaquerons de front et tâcherons de la démolir par surprise. Pas d'objection?

Ni Buddug ni Caradog n'ayant élevé la moindre protestation, tante Sioned déclara :

– Dans une demi-heure, nous partons pour Fairwater!

Le téléphone jouait un rôle important dans l'existence du sergent Pantrych. Il le reliait au monde sévère et rigide du CID où toute fantaisie est tenue pour démence, et à cet univers charmant des jeunes habitantes de Cardiff en quête de maris, univers où la logique n'est pas de mise. L'inspecteur-chef Iwan Griffiths incarnait le premier, l'aimable et entêtée Mabli Domkey représentait temporairement le second auprès d'Andreas. Ce dernier nouait sa cravate sans siffler, ainsi qu'il en avait d'ordinaire l'habitude. Les intentions de Mabli l'effrayaient et il ne savait plus trop comment y échapper. Lorsque le téléphone sonna, il crut que la jeune fille le rappelait. Il s'agissait de Griffiths.

– Et alors, sergent, je dois vous attendre encore longtemps?

– M'attendre, chef? Où cela?

– Figurez-vous, Mr Andreas Pantrych, qu'il y a dans cette ville de Cardiff un organisme du CID dans le bureau duquel, pour l'instant, l'inspecteur-chef Griffiths a l'honneur de vous parler... et que vous allez y rappliquer dare-dare dans ce bureau si vous ne tenez pas à connaître de très gros ennuis! Vu?

– Mais, chef, c'est mon dimanche de liberté!

– Aucune importance. Amenez-vous et en vitesse!

– Chef, Mabli Domkey...

– Qu'est-ce que c'est que ça?

– Je vous en prie, chef! Miss Domkey est... est ma fiancée!

– Et alors? Elle n'est que la onzième! D'ailleurs, du fait que les dix devancières ne vous ont pas empêché d'exercer vos fonctions, je ne vois pas pourquoi celle-ci ferait exception à la règle! Ce n'est pas le moment de plaisanter, Pantrych! Dépêchez-vous!

Le sergent se convainquit une fois de plus que

Griffiths restait absolument imperméable à la poésie des amours dominicales et que son égoïsme se souciait comme d'une guigne de la vie privée de ses collaborateurs. Il rappela Mabli à qui il tenta d'expliquer la chose. Il fut assez mal reçu.

– Ça ne va pas recommencer comme hier, Andreas? Je vous avertis que je ne le supporterai pas!

– Mais, Mabli, mon ange, mettez-vous dans la tête que je suis fonctionnaire de Sa Majesté!

– Et qu'est-ce que vous voulez que ça me fasse?

– J'ai des devoirs!

– Vous n'en avez qu'un : vous occuper de moi!

Il n'essaya même pas de lui démontrer que le chancelier de l'Echiquier ne lui donnait pas 752 livres de traitement annuel pour s'occuper de la seule Mabli Domkey. A quoi bon? Lorsque les femmes s'entêtent à ne pas comprendre. D'ailleurs, la jeune Mabli prit l'initiative du débat :

– Ecoutez-moi bien, Andreas : personne ne me volera mon dimanche! Je serai à 10 h 30 à votre bureau pour vous emmener dans le parc et au *Royal* ainsi que vous me l'avez promis.

Iwan Griffiths, de son côté, avait mal dormi. Depuis belle lurette, il ne prenait plus sa femme, Mair, pour confidente. Jadis, ils s'entendaient bien pourtant, mais leur ménage n'avait pas résisté à l'absence d'enfant. Peu à peu, Iwan ne s'était plus soucié que de son métier tandis que Mair donnait dans une religion de plus en plus étroite. Retranchés dans leur solitude respective, ils envisageaient l'un et l'autre avec épouvante le moment où l'inspecteur prendrait sa retraite. Comment parviendraient-ils à se supporter?

Griffiths ne s'affirmait en rien un policier génial. Il accomplissait de la façon la plus sérieuse les tâches lui incombant. Jamais il ne se prenait d'amitié pour les gens qu'il arrêtait; jamais non plus il ne les haïssait. Indifférent. Et voilà que, pour la première fois, ce Ianto Morgan, avec son air ahuri, sa naïveté, lui devenait sympathique. Mais, peut-être cette sympathie n'était-elle due qu'à sa curieuse petite fille paraissant n'avoir peur de rien? Peut-être aussi, contrairement à toute attente, l'inspecteur avait-il été impressionné par cette femme énorme, ce garçonnet si grave qui ne doutaient point de faire mieux que les policiers chevronnés du CID...

Dans cette histoire de meurtre, Iwan sentait que quelque chose lui échappait sans pour autant parvenir à deviner de quoi il s'agissait. Aussi, bien que ce fût dimanche – mais depuis longtemps les dimanches en tête à tête avec Mair se transformaient pour lui en punitions –, il se rendit au bureau et ordonna qu'on lui ramène Ianto Morgan.

Les deux nuits passées sur la couchette étroite de sa cellule ne semblaient pas avoir atteint physiquement le père de Buddug. A dire vrai, il ne paraissait pas se faire tellement de souci. Interrogé sur ce point, il répondit que, n'étant pas coupable, il ne voyait pas pour quelles raisons il redouterait quoi que ce soit de la justice de son pays. La seule chose qui l'ennuyait, c'est que la maison Bailey ne prisait sans doute guère un tel genre de publicité et que cette malheureuse aventure risquait fort de lui coûter sa place. Griffiths, ébranlé par cette confiance dans les juges britanniques, n'osa pas lui apprendre qu'il risquait beaucoup plus. Au contraire, spontanément, il tint à le rassurer :

– Soyez convaincu, Mr Morgan, que si nous pouvons établir la preuve de votre innocence, nous nous excuserons publiquement et votre patron serait mal avisé, alors, de vous tenir rigueur. Voyons, reprenons ensemble, par le menu, sans omettre le plus léger détail, votre emploi du temps de vendredi depuis le moment où vous avez pris votre car à Brecon jusqu'à celui où l'on vous a arrêté.

Pour plaire au policier qui l'interrompait souvent afin de solliciter des explications supplémentaires, Morgan revécut ces heures qu'il s'était imaginées les plus heureuses de son existence et qui s'avéraient, sans conteste, les plus noires. Lorsqu'il eut terminé, Griffiths remarqua :

– Je suis navré, Mr Morgan, de vous avouer que dans tout ce que vous m'avez raconté, il n'y a guère place pour un autre meurtrier que vous-même. De votre côté, soupçonnez-vous quelqu'un?

– Moi? Comment voulez-vous? Jusqu'au moment où nous sommes partis pour Fairwater, j'ignorais que je m'y rendais. Il en était forcément de même pour n'importe qui d'autre!

– Sauf pour Mrs Hughes?

– Même pas, car elle ne pouvait deviner si je rentrerais à Brecon, ainsi que j'aurais dû normalement le faire, pour rejoindre ma fillette.

– Mais, bonsoir de bonsoir! qui a prévenu le mari?

– Je l'ignore.

– Mr Morgan, j'ai eu la visite de votre fille.

– De Buddug? Elle est à Cardiff?

– Il faut croire. C'est une enfant assez étonnante, non?

– Si... et pour vous confier le fond de ma pensée, monsieur l'inspecteur, c'est surtout le jugement de Buddug que je redoute...

– Je vous comprends. Il est venu aussi pour vous défendre un gamin de l'âge de votre fille à peu près, en compagnie d'une femme aux proportions hors du commun. Savez-vous qu'ils ont failli mettre cette maison à sac? Le pauvre Mortimer, catapulté par ce monument en jupe, n'en est pas encore revenu!

Ianto rit.

– A cette description, il ne peut s'agir que de

Sioned Price, tante de ce jeune garçon, Caradog, fiancé de ma fille.

– Fiancé?

– Buddug et Caradog m'ont fait part un jour de leur intention de se marier plus tard. Ce sont des enfants qui n'agissent ni ne parlent à la légère.

– Permettez-moi de souligner que leurs parents seraient parfois bien inspirés de les prendre pour modèles...

Ce fut ce moment que le sergent Pantrych choisit pour entrer, ce qui permit à Iwan de déclarer :

– En voilà un autre qui ne ferait pas mal également d'imiter votre fille. Andreas, appelez les constables pour reconduire le prévenu. Mr Morgan, je ne vous reverrai sans doute pas avant votre comparution devant le juge Ofydd Harris, demain matin. Je vous souhaite bonne chance!

Andreas, qui n'avait jamais entendu son chef s'exprimer avec tant de courtoisie envers un prisonnier, laissa paraître sa surprise, mais, avant qu'il n'ait pu l'exprimer, Griffiths lui demanda :

– Vous vous êtes enfin décidé à venir, sergent? C'est bien bon à vous...

– Chef, je suis arrivé aussi vite que j'ai pu, mais il m'a fallu téléphoner à Mabli...

– Votre onzième fiancée?

– Oui, mais celle-là, je risque de l'épouser...

– Non? elle est donc très forte, cette demoiselle? A moins que vous ne soyez moins malin que je ne le supposais. De toute façon, si vous vous mariez, vous aurez des tas de dimanches à passer avec Mrs Pantrych et, croyez-moi, des tas de dimanches, c'est beaucoup! Sur ce, sergent, si vous n'y voyez pas d'inconvénient majeur, nous pourrions nous occuper d'autre chose que de vos amours? Qu'est-ce que vous pensez de ce Ianto Morgan, si, toutefois, il vous arrive de penser à autre chose qu'à miss Mabli?

– Il me semble bien parti pour la potence!

Griffiths regarda longuement son adjoint, les yeux mi-clos, avant de commenter avec une stupeur bien jouée :

– Franchement, Andreas, je ne comprends pas ce qu'elles vous trouvent!

– Pardon?

– Ces demoiselles auprès desquelles vous papillonnez? Physiquement, vous n'êtes pas particulièrement beau et, du côté intellectuel, il y a nettement un manque...

Vexé, Pantrych rétorqua :

– C'est pourtant vous qui m'avez choisi, chef!

– Dois-je vous rappeler que vous êtes un spécialiste de l'abus de confiance? Que vous m'avez trompé comme vous avez trompé toutes les malheureuses qui, à un moment de leur existence, ont eu confiance en vous?

– Vous n'y allez pas un peu fort, chef?

– Si vous souhaitez que j'aie une autre opinion de vous, Andreas, répondez-moi intelligemment quand je vous interroge! Qu'est-ce qui vous donne le droit d'affirmer que Morgan est bon pour la potence? Vous avez déniché un motif à son crime?

– Il me semble que le mari le trouvant chez lui...

– Idiot!... Le rendez-vous de Morgan avec Mrs Hughes n'était pas prémédité. Ils sont restés ensemble deux heures environ et il a fallu plus de deux heures à Hughes pour revenir de Llandrindod Wells, car il a quand même dû se changer, boucler ses bagages, etc. Si vous réfléchissiez avant de parler, sergent, vous seriez parvenu à cette conclusion invraisemblable : Mr Hughes savait – alors qu'elle-même l'ignorait – que sa femme ramènerait Ianto Morgan chez eux. Qu'est-ce que vous dites de ça?

– Rien... En effet, c'est curieux. Alors?

– Alors, si nous supposons que Morgan n'est pas l'assassin, qui a tué Hughes et pourquoi? Qui, il nous est pour le moment impossible de le savoir. Examinons le pourquoi. Son frère, dans l'espoir de prendre sa place? Mais il nous a confirmé qu'il n'en voulait pas et que la disparition de son aîné risquait même de lui coûter sa position à la banque. Ifor Hughes accuse sa belle-sœur qu'il déteste. S'il a raison, il faut supposer que celle-ci ait été d'accord avec la future victime pour monter un traquenard où – a priori – tomberait Morgan. Ce qui, vous en conviendrez, relève de la stupidité intégrale, les habitants de Cardiff ayant d'autres distractions que de tuer les gens rencontrés par hasard. Mrs Hughes pouvait-elle donc espérer que son mari aurait le dessous et, par là, le faire choir dans le piège que lui-même tendait et ce, à seule fin de recouvrer sa liberté et d'hériter? Dans ce cas, il serait indispensable que le rendez-vous avec Morgan ait été convenu longtemps à l'avance. Et alors, pour quelles raisons Hughes aurait-il eu besoin de se rendre à Llandrindod Wells? De plus, comment Mrs Hughes aurait-elle deviné que son mari, plus âgé que Morgan certes, moins athlétique, mais jouissant de l'effet de surprise, aurait le dessous? Dans cette hypothèse, il semble qu'elle aurait mis Morgan en garde! Or, au contraire, elle l'a envoyé chercher des cigarettes dans le hall où Hughes guettait sa future victime. Non, tout cela ne tient pas debout. Enfin, je ne vois vraiment pas pourquoi un paisible habitant de Brecon qui, d'après sa fille, ne paraît pas doué d'une grande personnalité, serait allé tuer un banquier dont il ignorait jusqu'au nom? De quelque côté qu'on se tourne, sergent, on se heurte à une impossibilité.

– De toute façon, chef, il faut commencer par un bout, n'est-ce pas? Alors, pourquoi ne pas savoir d'abord si oui ou non Hughes s'est bien rendu à

Llandrindod Wells et, s'il y était, pourquoi il en est reparti aussitôt arrivé?

– Enfin, Andreas, vous vous réveillez! Vous y avez mis le temps! Au risque de vous décevoir, c'est justement pour procéder à cette enquête que je vous ai convoqué ce matin. Mais, de la discrétion, hein?

En sortant du bureau de Griffiths, Andreas aperçut Mabli qui, pour passer le temps, écoutait Fychan Mortimer lui faire le récit de sa dramatique rencontre avec tante Sioned. La jeune fille sauta littéralement sur le policier.

– Ce n'est pas malheureux! Croyez-vous que ce soit correct de faire attendre une personne comme moi dans un pareil endroit?

Fychan Mortimer, ulcéré, déclara à haute voix que cet endroit était tout aussi respectable qu'un autre, mais Mabli tint à préciser :

– Sauf que toutes les crapules de Cardiff y défilent!

– Pas toutes, miss, pas toutes... Le menu fretin ne nous intéresse pas. Nous n'accueillons que le dessus du panier : les assassins, les sadiques...

Indignée, miss Domkey apostropha Pantrych qui n'écoutait guère, trop préoccupé de deviner comment Mabli prendrait l'annonce d'un nouveau retard.

– Et vous jugez, Andreas, qu'une jeune fille comme il faut peut entendre de pareilles horreurs? Partons d'ici avant que je n'aie la nausée!

– Juste un coup de téléphone à donner et je reviens vous chercher, chérie...

– Je vous jure, Andreas, que lorsque nous serons mariés, ou vous changerez de métier, ou vous vous débrouillerez pour avoir un emploi du temps qu'une femme puisse tolérer!

Mortimer, intrigué, demanda :

– Ce n'est pas vrai que vous allez vous marier, sergent?

Mabli répondit pour Pantrych :

– Et pourquoi vous figurez-vous que je suis ici, à supporter ce que je supporte?

En descendant de l'autobus les ayant amenés jusqu'au quartier de Fairwater, miss Price entraîna sa jeune troupe en chantonnant l'air de la « Marche du colonel Bogey, » histoire de se donner du courage, car la tante Sioned détestait se déplacer à pied. Or, il apparut très vite que les Hughes habitaient assez loin de l'arrêt du bus et, non moins vite, miss Price commença à respirer difficilement. A leur tour, Buddug et Caradog prirent les devants. Plusieurs fois distancée, tante Sioned rattrapa ses petits compagnons piaffant d'impatience. Enfin, elle s'avoua vaincue et les laissa partir en avant, estimant qu'il était sans doute plus habile de laisser attaquer l'adversaire par les éléments légers. Pour elle, constituant le gros de la troupe, la force de rupture, elle se débrouillerait pour survenir au moment psychologique, celui où le sort de la bataille hésite. Miss Price n'avait pas lu Clausewitz, mais elle montrait de nettes dispositions pour la stratégie appliquée.

Buddug et Caradog n'avaient jamais vu une demeure aussi belle que celle des Hughes. Le nez collé contre la grille, ils regardaient de tous leurs yeux les pelouses soigneusement tondues et qui ressemblaient à des tapis, les massifs de fleurs, la majesté d'arbres s'arrondissant en ombrelles ou montant vers le ciel d'un élan que rien n'entravait. Au delà du parc, au bout d'une allée de graviers blancs et roses, un perron menait à une sorte de terrasse à balustrade où s'ouvraient de hautes portes vitrées. Les enfants aperçurent une femme à la silhouette très jeune qui, sortant de la maison, traversa le parc en diagonale. Lorsqu'elle fut plus près de la grille, ils la hélèrent. Elle les entendit, suspendit sa marche et se dirigea vers eux. Quand on put distinguer son visage, Caradog remarqua :

– Elle est jolie...

– Oui, mais elle n'est pas blonde!

Cette remarque imposée par l'évidence les déconcerta. La jeune femme approchait. Lorsqu'elle se trouva de l'autre côté de la grille, elle sourit aux petits avant de leur demander :

– Qu'est-ce que vous désirez?

Caradog estima qu'il lui incombait de prendre les responsabilités de l'entreprise.

– Ma fiancée et moi souhaiterions vous parler, Mrs Hughes.

Un instant interloquée, la jeune femme les contempla, puis se mit à rire gentiment.

– Je suis sûre que ce sera un grand honneur pour Mrs Hughes de vous recevoir Mr...?

– Price... Caradog Price.

– ... Mr Price; malheureusement, Mrs Hughes est absente. Moi, je ne suis que Modlen, la femme de chambre.

Les petits eurent l'air si déçus que la charmante fille en fut émue.

– C'était si important?

– Très important, miss Modlen. Ma fiancée est miss Morgan... Buddug Morgan.

– Morgan?... Attendez donc... Ne serait-elle pas...?

– Si, miss Modlen, ma fiancée est la fille de Mr Morgan, qu'on accuse d'avoir tué votre patron.

Modlen Lowett, sans trop savoir pourquoi, ouvrit la grille et fit entrer les enfants. Quand ils se retrouvèrent dans le parc, Caradog ne put se tenir de dire :

– Que c'est beau!

– Aimeriez-vous que nous nous y promenions un moment ?

Sans attendre de réponse, Modlen prit la main de Buddug et tous trois s'en allèrent sur les belles allées ratissées. La femme de chambre avait l'impression de jouer à la maman ou à la grande sœur. Quand ils eurent parcouru le parc dans tous les sens, ils s'installèrent sur un banc de bois encerclant un énorme saule pleureur, près d'un magnifique massif de rhododendrons.

– Que lui vouliez-vous très exactement, à Mrs Hughes, miss Buddug ?

– Lui dire que daddy n'a pas tué son mari.

– Pardonnez-moi, mais... qu'en savez-vous ?

– Je connais daddy !... Vous le connaissez, vous, daddy ?

– Non.

– Si vous le connaissiez, vous penseriez comme moi !

Andreas surgit dans l'antichambre, l'air fort excité, et ne répondit point à Mabli qui l'interpellait. Il entra dans le bureau de Griffiths, triomphant :

– Ça y est, chef !

– Quoi !

– On a téléphoné avant-hier soir à Gwylim Hughes, à Llandrindod Wells !

– Racontez-moi ça !

– J'ai eu l'hôte de la victime, Mr Owen Jones. Il venait d'apprendre le meurtre par la radio et, si j'en juge par sa voix, il semblait très affecté. Il m'a confié que son ami était arrivé chez lui avant-hier vers 15 heures. Après que Hughes se fut changé, ils avaient gagné ensemble le terrain de golf. A 18 heures, ils se trouvaient de retour et c'est vers 19 h 30 que la domestique est venue annoncer qu'on demandait Hughes au téléphone, un homme qui ne voulait pas dire son nom, mais qui désirait parler à Mr Hughes au sujet de sa femme. Il paraît que le banquier se montra fort surpris et qu'avant de gagner le bureau de Jones pour téléphoner, il aurait dit :

» – Mon Dieu! Pourvu qu'il ne soit rien arrivé à Catrin!

» Revenu quelques instants plus tard, il paraissait très affecté, au point que son hôte crut bon de s'enquérir :

» – Pas une mauvaise nouvelle?

» – Je ne sais pas encore, Owen; mais je dois repartir.

» – Déjà?

» – Oui, ma présence est indispensable à Cardiff... On m'avertit qu'il s'y passe ou qu'il va s'y passer de drôles de choses. Excusez-moi, mon vieux. Je vous téléphonerai demain matin et si, comme j'en suis sûr, il s'agit d'une détestable plaisanterie, je reviendrai.

» Il a refait ses bagages, s'est de nouveau changé et a pris la route à 20 heures.

Griffiths se frotta les mains.

– Enfin, on commence à apercevoir une lueur. Foncez pendant que la piste est encore chaude, Andreas! Courez à Fairwater et ramenez-moi Mrs Hughes.

Le sergent se hâta vers la porte, mais s'arrêta brusquement, se souvenant de Mabli.

– Qu'est-ce qu'il y a?

– C'est que... miss Domkey m'attend, chef, et...

– Justement, Andreas, si elle vous attend, c'est qu'elle tient à vous. Ne vous en faites pas! Elle vous attendra encore...

Pas autrement convaincu, Andreas retourna dans l'antichambre. Mabli se leva.

– Au revoir, Mr Mortimer, et merci de m'avoir aidée à passer le temps.

– Tout le plaisir a été pour moi, miss.

Affreusement embêté, Pantrych dut interrompre ces civilités :

– Mabli, je vais vous paraître odieux, mais...

– Ne me dites pas que vous ne m'emmenez pas... et tout de suite!

– C'est que, justement... Mabli, je suis obligé de vous le dire...

– Oh! c'est trop fort!

– Juste une petite course en voiture jusqu'à Fairwater et je reviens. Tenez, téléphonez donc au *Cadena* pour retenir une table!

Cette offre, qui représentait le début de la matérialisation d'une espérance, apaisa la jeune fille.

– Je vais téléphoner, Andreas, mais je vous avertis que...

– Je sais, chérie, je sais.

Modlen et Buddug étaient devenues les meilleures amies du monde. Caradog écoutait leur verbiage auquel sa dignité masculine lui interdisait de se mêler. C'est lui, le premier, qui remarqua l'homme en casquette s'approchant d'eux.

– Miss Modlen... Il y a quelqu'un qui vient...

– Oh! ce n'est que le jardinier, Padrig... Un brave garçon, mon fiancé.

Vu de près, Padrig se présentait sous l'aspect d'un petit gars râblé, aux cheveux filasse et au visage constellé de taches de rousseur.

– Qu'est-ce que c'est que ces mômes?

Etre traités de mômes déplut aussi bien à Caradog qu'à Buddug.

– Ce sont des enfants qui désiraient parler à Mrs Hughes, mais elle est absente.

– Comme vous, hier soir! A ce propos, Modlen, je serais heureux de savoir pourquoi vous ne m'avez pas rejoint à la *Framboise sauvage*.

– J'étais fatiguée et je suis restée chez ma mère.

– Vraiment? Figurez-vous que je m'y suis rendu, chez votre mère, et je vous apprends une nouvelle qui vous stupéfiera : vous n'y étiez pas! Comment expliquez-vous ça?

Modlen, n'ayant pas envie d'expliquer quoi que ce soit, essaya de s'en tirer par la mauvaise foi.

– Croyez-vous que le moment soit bien choisi pour manifester votre stupide jalousie devant ces enfants?

– Vous voulez mon avis, Modlen? Vous êtes une sacrée menteuse!

Caradog bondit :

– Pourquoi le laissez-vous vous parler sur ce ton, miss Modlen?

Padrig attrapa le garçonnet et le secoua tout en criant :

– De quoi je me mêle, espèce de petit crapaud?

Buddug ne pouvait pas supporter qu'on brutalisât son camarade. Elle s'approcha du jardinier et lui décocha un maître coup de pied sur le tibia. Padrig hurla en sautant à cloche-pied :

– Elle m'a estropié, la garce!

Outré par cette injure, Caradog fonça, tête baissée, et flanqua un bon coup de tête dans l'estomac de l'insulteur qui tomba sur le derrière, la bouche ouverte pour retrouver sa respiration. Sans que les combattants s'en doutent, leur pugilat avait eu un témoin horrifié : tante Sioned. De la grille, elle voyait ses protégés aux prises avec un homme et elle faillit crier d'enthousiasme devant le résultat de l'attaque combinée de Buddug et de Caradog. Elle poussa la grille que Molden avait négligé de fermer à clé et se précipita. Les autres étaient trop occupés pour prendre garde à l'arrivée des renforts. Padrig, relevé, cracha quelques jurons qui scandalisèrent Buddug et il se jeta sur les gosses. Buddug évita la gifle qu'il lui adressait et planta ses dents pointues dans l'avant-bras du jardinier. Caradog, moins chanceux, encaissa une claque qui l'envoya rouler au sol. Débarrassé du gamin, Padrig empoigna la fillette par les cheveux et d'une cruelle torsion l'expédia auprès de son compagnon. Modlen vociféra des menaces et, les ongles en avant, s'apprêtait à prendre le relais lorsqu'elle suspendit son élan, pétrifiée par le spectacle du mastodonte arrivant sur eux. Au visage de sa fiancée, le jardinier devina qu'il se passait quelque chose dans son dos. Il se retourna, mais l'incrédulité le priva du réflexe sauveur et il reçut de plein fouet les deux cent dix-sept livres de tante Sioned. Soulevé du sol, Padrig décrivit une jolie courbe avant de s'enfoncer tête première dans le massif de rhododendrons. Sous le choc, il resta un court instant privé de sentiment puis, revenant à lui, il cracha les fleurs qu'il tenait convulsivement entre les dents et se releva avec un goût de sang sur les lèvres et des lueurs de meurtre dans le regard. Négligeant les gosses qui se tenaient de chaque côté de miss Price, il fonça sur cette dernière dans l'intention bien évidente de lui rendre sa politesse. Mais Buddug et Caradog n'étaient pas pour rien les enfants d'un pays où l'on joue au rugby dès qu'on sait se tenir debout et, s'attribuant chacun une jambe de l'agresseur, ils exécutèrent un magnifique et double placage qui fit s'étaler brusquement Padrig le nez sur le gravier. Tante Sioned ne perdit pas de temps et, de tout son poids, elle se laissa tomber sur le jardinier qui, du coup, s'évanouit. Enthousiasmée, Modlen battit des mains. Buddug et Caradog regardèrent leur ennemi vaincu. Mais le garçonnet attira l'attention de sa camarade sur le fait que le visage de Padrig, d'abord pâle, tournait au rouge, puis au carmin tandis que le violet foncé apparaissait. Ils admiraient ces subtils mélanges de couleurs lorsqu'une voix calme s'enquit :

– Vous rendez-vous compte, miss, que cet homme est en train d'étouffer?

Ravi par l'exploit sportif auquel il avait assisté de loin, le sergent Pantrych intervenait pour éviter qu'un nouveau meurtre n'ensanglantât la demeure des Hughes. Tante Sioned, qui ne tenait pas tellement à avoir un crime sur la conscience, tendit les mains à Andreas qui s'arc-bouta pour essayer de la relever, mais il fallut que Modlen, Buddug et Caradog lui apportent leur aide. Pendant que le sergent tirait de toutes ses forces, Modlen, de l'épaule, soutenait la masse de miss Price difficilement soulevée, tandis que les enfants, passant sous sa croupe majestueuse, faisaient office de cale. Quand la grosse demoiselle revint à la station verticale, on la conduisit vers le banc où Modlen et les enfants bavardaient au moment où Padrig s'était montré. Laissant tante Sioned aux soins affectueux de Buddug et de Caradog, Andreas rejoignit la femme de chambre qu'il jugea fort agréable.

– Et si vous me racontiez ce qui s'est passé, ma jolie?

De son côté, Modlen trouvait ce nouveau venu fort sympathique. Elle exposa la genèse de l'affaire et c'est seulement alors qu'Andreas reconnut les deux gosses. Par déduction, il jugea que la vaillante combattante vue à l'œuvre devait être cette femme dont Fychan Mortimer avait eu à souffrir et, mentalement, il adressa des excuses à son vieux collègue pour ne l'avoir point cru.

– Comment vous appelez-vous, miss?

Elle eut un rire de gorge nettement provocateur.

– Devinez?

Pantrych l'examina de la tête aux pieds et murmura :

– Je devine déjà bien des choses... des choses que j'aimerais regarder de plus près... histoire de vérifier si je ne me suis pas trompé.

Elle feignit de se scandaliser :

– Voulez-vous bien vous taire! En voilà des façons!

Il lui prit la main. Elle s'en défendit sans grande conviction.

– Je m'appelle Modlen... Lâchez-moi!

– Je vous lâcherai si vous me dites quel soir nous pourrions sortir ensemble.

– Si vous croyez que je sors avec le premier venu!

– Mais je ne suis pas le premier venu. Sergent Andreas Pantrych, du CID.

– Un flic!

– Parce que les flics vous dégoûtent, miss?

– Pas quand ils vous ressemblent...

Padrig, auquel personne ne prêtait attention, reprit une claire notion du présent si le passé demeurait encore un peu confus dans sa mémoire. Il marmonnait, se souvenant de ce poids énorme qui l'écrasait :

– J'ai dû être pris sous les décombres...

Mais sous les décombres de quoi? Relevant légèrement la tête, il vit Modlen qu'un inconnu semblait lutiner. La fureur lui rendit son énergie. Il cria :

– Vous auriez tort de vous gêner!

Il se releva, chancelant encore un peu, et s'approcha du couple. Tout de suite, Pantrych lui fut antipathique. Il le regarda sous le nez pour lui lancer :

– Vous ne voudriez pas un coup de main, des fois?

Modlen tenta d'arranger les choses :

– Ecoutez, Padrig, n'allez pas vous imaginer...

Mais le jardinier avait une revanche à prendre sur n'importe qui et à propos de n'importe quoi. Il crut que son rival refusait le débat.

– Et si on s'expliquait, tous les deux?

Le sergent eut un beau sourire :

– Ça tombe bien! Je suis justement venu pour ça!

– Hein?

Andreas, portant la main à sa poche, en sortit son insigne qu'il lui montra.

– Alors? On se calme?

Pour Padrig, la mesure était dépassée. En moins d'une demi-heure, il avait trop encaissé. Amer, il se tourna vers Modlen :

– Ça ne vous suffisait donc pas de me tromper avec le patron, faut encore que vous me tiriez des traits avec un flic?

Le sergent tressaillit et susurra :

– Voilà qui est intéressant... Quel est votre nom?

– Qu'est-ce que ça peut bien vous faire?

Modlen voulut le calmer :

– C'est un policier, Padrig!

– Bon, ça va... Je m'appelle Padrig Trahern et je suis jardinier dans cette maison. Ça vous suffit.

– Et elle?

– Elle? C'est la femme de chambre.

– Et votre sweetheart?

– On le dit... Enfin, du moins, je le croyais.

– On dit aussi qu'elle vous trompait avec votre patron.

– Qui s'est permis?

– Vous, tout à l'heure!

– Oh! Et puis, je m'en fous! Tout ce que j'endure, c'est pas humain! J'en ai marre!

– Parlez-moi donc de Mr Hughes.

– Un salaud...

Modlen protesta :

– Ne l'écoutez pas! Il invente des histoires! C'est sa jalousie... Mr Hughes se montrait aimable avec moi, mais ça n'est jamais allé plus loin, je vous le jure!

Trahern ricana :

– Que vous dites!

Le sergent résuma la situation :

– Que vous ayez eu ou non des motifs valables de le croire, vous avez pensé que votre patron tournait autour de la charmante Modlen et vous vous êtes vengé, hein?

– Comment ça?

– En lui fendant le crâne avec un chandelier!

– Avec un... Vous êtes fou!

– C'est vous qui l'étiez, Trahern... La jalousie... La colère... L'égarement et on abat le rival. Ce n'est pas moral, mais c'est logique!

– Mais enfin...

– Vous l'avez surpris au moment où il rentrait et v'lan!

– Quoi, v'lan?

– Assez discuté, Trahern, votre compte est bon! Miss Modlen, votre maîtresse est-elle chez elle?

– Non.

– Dommage... Je vous emmène tous les deux, ça compensera.

Le jardinier regimba :

– Où voulez-vous nous emmener?

– Au CID, où l'inspecteur-chef Griffiths sera heureux de bavarder avec vous deux. Allez, hop! En route!

– Emmener un honnête garçon à la police... et un dimanche! C'est pas humain!

Avant de quitter la place, Andreas appela tante Sioned :

– Hé! là-bas... la combattante! Venez avec nous et amenez les moutards...

Midi était depuis longtemps sonné quand la troupe composée du sergent Pantrych, de Padrig Trahern, de Modlen Lowett, de la tante Sioned, de Buddug et de Caradog fit son entrée au CID. Tout de suite, Mabli se dressa, statue vivante de la justice outragée.

– C'est ce que vous appeliez quelques minutes?

– Ça va y être, Mabli... Le temps de liquider ces deux-là...

Padrig protesta :

– En voilà des expressions!

– Ici, vous devez attendre qu'on vous interroge pour parler!

– Ça se peut, mais causer de cette façon à un homme qui a sa conscience pour lui, c'est pas humain!

– Mortimer, annoncez-nous... Mortimer? Mais où êtes-vous donc passé, Mortimer?

Mortimer, oubliant quarante années de soumission aux règles impératives de la discipline, avait déserté son poste, car il préférait être mis à pied plutôt que de se heurter une fois encore à tante Sioned. Le sergent se résigna à pénétrer avec tout son monde dans le bureau d'Iwan Griffiths qui frémit en voyant son espace vital envahi par cette troupe. Il voulut protester :

– Eh bien! Andreas, qu'est-ce que vous m'amenez là?

– Chef, je crois que nous tenons le meurtrier de Gwylim Hughes!

– Fichtre! Qui?

– Lui!

En se voyant désigné d'aussi impérieuse façon, Trahern sauta sur place.

– Entendre des choses pareilles, c'est pas humain! Monsieur l'inspecteur, je vous jure que...

– Taisez-vous! Allez-y, Pantrych!

Le sergent entreprit le récit de la scène à laquelle il avait assisté et, au passage, Griffiths jeta un coup d'œil admiratif à miss Price, ferme comme le roc de Gibraltar. Quand il en vint à la réflexion malheureuse du jardinier, l'inspecteur-chef se fit plus attentif, puis s'adressant à Padrig :

– Vous avouez?

– J'avoue rien du tout!

– Et vous, miss Lowett?

– Moi non plus... La jalousie rend Padrig à moitié fou et il a bien tort! il n'y a pas plus sérieuse que moi, monsieur l'inspecteur. Bien sûr, Mr Hughes me chatouillait un peu au passage... ou bien il me pinçait la taille, mais ça n'a jamais été plus loin.

Trahern s'indigna :

– C'est déjà trop quand on est fiancé à un type bien! Vous devriez avoir honte, Modlen Lowett!

– Mais, j'ai honte, darling...

– Ecoutez-la!... Darling... elle me dit! Une pareille effronterie, c'est pas humain!

Griffiths l'interrompit sèchement :

– C'est terminé? Où étiez-vous vendredi soir, entre 20 heures et 23 heures?

– Vendredi soir? A la *Framboise sauvage*. J'y ai fait je ne sais plus combien de parties de fléchettes et je les ai toutes gagnées... naturellement!

– Pourquoi, naturellement?

– Demandez-lui, à cette dévergondée! Parce que, moi, je l'attendais, monsieur l'inspecteur! Et où c'est qu'elle était?

Iwan interrogea la femme de chambre :

– Vous avez entendu, miss Lowett? Répondez!

– Ça me gêne...

Padrig explosa :

– Et pourquoi ça vous gêne, Modlen Lowett?

– Parce que... Parce que j'étais au cinéma...

Griffiths exigea des précisions.

– Quelqu'un vous y a vue?

– Le garçon avec qui je me trouvais.

– Qui s'appelle?

– Il faut...?

– Il faut!

– Iorwerth Steffan.
Le jardinier hurla :
– Le garçon coiffeur! Je l'attends toute une soirée et, pendant ce temps, elle se balade avec Iorwerth Steffan! Vous direz ce que vous voudrez c'est pas humain!
L'inspecteur haussa les épaules :
– Vous vérifierez par principe, Andreas, mais il y a toutes les chances pour qu'ils disent vrai... Allez, fichez-moi le camp tous les deux!
Trahern prit le bras de Modlen :
– Venez, miss Lowett, on va s'expliquer!
Les deux amoureux ayant quitté le bureau, Iwan Griffiths s'en prit à tante Sioned :
– Miss Price, si vous continuez à chercher des histoires, vous les trouverez! Je vous serais obligé de rester chez vous et de garder les enfants... La prochaine fois que mes hommes les rencontrent, je les arrête pour vagabondage!
Le rugissement de tante Sioned fit chanter longuement l'abat-jour de cristal coiffant la lampe de bureau et dont Griffiths était si fier.
– Alors, vous prenez le parti des assassins? N'osant pas attaquer les vrais coupables, vous vous vengez sur ces malheureux petits parce qu'ils n'ont plus de père pour les défendre? C'est du propre! Mais vous avez compté sans moi! Je ne vous laisserai pas faire!
– Miss Price, je vous demande simplement de ne pas vous mêler de ce qui ne vous regarde pas! Ce n'est pas difficile à comprendre, tonnerre de tonnerre!
– Figurez-vous que si, inspecteur! Il est difficile de comprendre qu'un homme qui devrait veiller à la moralité de la population puisse reprocher à une fillette de défendre son père, victime d'une erreur judiciaire! Vous n'avez donc pas de cœur?

– Du cœur, j'en ai! C'est la patience dont je serais plutôt dépourvu!

– Il faut vous soigner!... C'est comme cette malheureuse fille, tout à l'heure. Au lieu de la protéger, qu'est-ce que vous avez fait? Vous l'avez renvoyée avec ce suborneur de jardinier! Et s'il lui donne un enfant, qu'est-ce que vous en direz?

Hors de lui, Griffiths cria :

– Je ne dirai rien parce que je m'en fous!

– J'en étais sûre! Un amoral, voilà ce que vous êtes! Penser que je paie des impôts pour vous entretenir! Cette seule idée me met le cœur sur les lèvres!

L'inspecteur, rouge, tremblant de colère, s'adressa à Pantrych :

– Sergent! Fichez-moi tout ça dehors ou je fais un malheur!

Andreas se précipita pour éviter que son supérieur ne prenne un coup de sang. En tournant la tête, Griffiths surprit le regard sévère de Buddug.

– Quelque chose à objecter sans doute, vous aussi?

– Oui.

– Ça ne me surprend pas? Et c'est...?

– Que miss Evans a bien raison de nous répéter que la boisson dégrade ceux qui en abusent...

Pendant que, sous la poussée du sergent, tante Sioned et ses alliés abandonnaient les lieux, Iwan Griffiths, écroulé sur son fauteuil, arrachait sa cravate pour tenter d'échapper à la congestion cérébrale qu'il devinait proche. Ayant refermé la porte sur le trio, Andreas se précipita au secours de son chef.

– Puis-je quelque chose pour vous, chef?

– Oui, Andreas... Dire de ma part à Mortimer qu'il peut préparer son départ immédiat et vous, votre transfert à Aberystwyft si jamais, vous entendez bien, sergent? si jamais cette infernale femme et ces damnés gosses réapparaissaient ici! Compris?

– Oui, chef!

– Où est Mrs Hughes?

– Je l'ignore, chef. Elle ne se trouvait pas chez elle.

– Et vous vous imaginez que je vais vous féliciter et vous supplier d'aller ripailler avec votre Mabli, peut-être? Eh bien, non! Retournez dare-dare au Central et je vous défends de rentrer tant que vous n'aurez pas trouvé l'origine du coup de téléphone qui a alerté Hughes! Vu?

– Vu, chef...

– Alors, exécution!

Mabli était encore sous le coup de l'émotion provoquée par l'apostrophe de la phénoménale miss Price qui, s'arrêtant devant elle, avait clamé :

– Miss, je ne vous connais pas... mais si vous êtes ici parce que femme d'un policier de cette maison, je vous plains! Et si vous êtes la fiancée d'un de ces individus, mieux vaudrait vous attacher un pavé au cou et vous jeter dans le port, la nuit et en plein brouillard! Mais peut-être après tous êtes-vous inculpée de quelque chose? Dans ce cas, vous avez encore une chance de vous en tirer... et c'est ce que je vous souhaite!

Miss Domkey, qui ne passait pas pour garder sa langue dans sa poche, ne sut cependant pas quoi répondre. Mortimer réapparut, frôlant les murs, et de loin, s'enquit :

– Elle est partie?

Trop sidérée pour répondre, Mabli se contenta d'un hochement de tête affirmatif. C'est à cet état de stupeur voisin de l'hébétement qui étreignait la jeune fille que le sergent Pantrych dut de ne pas se faire arracher les yeux lorsqu'il lui réclama encore quelques petites minutes avant de l'emmener déjeuner au *Cadena*.

V

En bonne cuisinière britannique, tante Sioned avait mis son rôti à four doux au moment où elle partait pour Fairwater, deux heures plus tôt. Elle posa triomphalement sur la table une chose grisâtre dont le goût oscillait entre le chiffon mis à macérer pendant plusieurs mois dans la graisse de bœuf et le caoutchouc longuement cuit par le soleil de nombreux étés; ainsi la saveur répugnante de la viande ne viendrait pas balancer celle délicieuse de la Mint Sauce. Des choux-fleurs et des pommes de terre bouillis serviraient d'excellents supports à la Worcestershire Sauce et ce somptueux déjeuner se terminerait par un cake épais aux pruneaux, préparé la veille. Un repas dominical.

Miss Price n'aimait point à être dérangée dans les ultimes préparatifs de ses produits culinaires. Pendant qu'elle disposait les plateaux individuels où elle déposerait les tranches de rôti, les légumes et le gâteau (tante Sioned, passionnée par la télévision, prenait son lunch devant son récepteur et obligeait – sous peine de lui déplaire – ses hôtes occasionnels à agir de même), elle envoya Buddug et Caradog jouer dans la pièce à côté. Mais, après la bagarre de Fairwater, les enfants eussent trouvé n'importe quel jeu insipide. De plus, la petite semblait assez préoccupée pour que son camarade s'en inquiétât.

– Seriez-vous malade, Buddug?

– Non, je réfléchis.

Elle attendit un court instant une question qui ne vint pas et, vexée :

– Vous ne me demandez pas à quoi je réfléchis?

– Si vous tenez à ce que je le sache, Buddug, je suppose que vous me le direz.

La petite, pour punir Caradog d'une réserve qui l'humiliait quelque peu, faillit bien se taire, mais comme elle ne parvenait pas à résoudre le problème la préoccupant...

– Caradog, avez-vous remarqué la réflexion de miss Price à propos de miss Lowett et de cet horrible jardinier?

– Je ne vois vraiment pas à quoi vous faites allusion.

– Votre tante a déclaré au policier : « Et si ce jardinier donne un enfant à miss Modlen, vous serez bien avancé! »

– Et alors?

– Je ne devine pas pourquoi miss Price semblait prendre la chose tellement à cœur, parce qu'enfin, si Padrig veut donner un enfant à miss Modlen et que ça ne lui plaise pas, elle n'a qu'à le refuser! Personne ne peut l'obliger à le prendre!

– Il faut croire que si... Tante Sioned n'est pas quelqu'un à se faire du mauvais sang pour rien.

Le ton assuré de son compagnon déplut à Buddug qui, à son tour, répliqua sèchement :

– La vérité est que, dans cette histoire d'enfant, vous n'y comprenez rien, mais vous refusez d'en convenir!

Caradog la toisa avec une certaine condescendance :

– Buddug, ne soyez pas sotte, je vous prie! Vous savez aussi bien que moi que les bébés viennent dans le ventre des femmes!

– Evidemment!
– Et alors, qu'est-ce que vous voulez que les hommes aient à voir dans cette histoire?
Buddug accusa nettement le coup et, tandis que Caradog retournait – un tantinet rendu vaniteux par cette victoire facile – au livre dont il contemplait les images, elle chercha la riposte susceptible de remettre en question le triomphe du garçon.
– Caradog, si ce que vous affirmez est vrai, pourquoi les femmes qui vivent seules n'ont-elles jamais d'enfant?
Pris au dépourvu par cette question inattendue, le jeune Price flotta un moment et Buddug en profita pour pousser son avantage :
– Vous n'avez ni frère ni sœur depuis que votre daddy est mort... et miss Price, qui n'a pas été mariée, n'a point de bébé non plus.
Consciente d'avoir retourné le sort en sa faveur, elle décréta :
– Vous voyez bien que, quoi que vous en pensiez, c'est une affaire qui regarde aussi les hommes!
Refusant de s'avouer vaincu, Caradog prit un air supérieur pour déclarer :
– Je sais, Buddug, je sais... mais je ne tenais pas à vous en parler... à vous donner des détails, parce que c'est assez dégoûtant, si vous tenez à connaître mon opinion...
– Vraiment?
Le gamin baissa la voix :
– Les bébés viennent quand les hommes et les femmes s'embrassent sur les lèvres...
La grosse voix de miss Price appelant les enfants interrompit ces passionnantes recherches, fournissant à son neveu l'occasion de conclure le débat à son avantage.
– C'est pourquoi tante Sioned n'a jamais eu de bébé, personne n'ayant jamais eu envie, sans doute, de l'embrasser sur la bouche!

Rangés devant l'écran de la télévision, ils mangèrent, le plateau sur les genoux, regardant un film dont Marilyn Monroe était l'héroïne. La présentation se termina sur un gros plan de l'actrice échangeant un interminable baiser avec son partenaire. Lorsque le mot *Fin* eut apparu, Caradog s'adressa à Buddug :

– Je crois que miss Monroe peut s'attendre à avoir un beau bébé!

Convaincue, Buddug alla plus loin et, vu la longueur de l'étreinte offerte aux spectateurs, opina :

– Elle aurait des jumeaux que je n'en serais pas étonnée!

En entendant cet échange de pronostics gynécologiques, tante Sioned manqua s'étouffer avec son cake.

Le sergent Pantrych, lors de la promesse faite à miss Domkey de revenir la prendre quelques minutes plus tard, avait simplement oublié qu'on était dimanche et que les employés des postes de Sa Majesté ont droit au repos dominical comme n'importe quel autre citoyen du Royaume-Uni. Il lui fallut faire appel à la surveillante qui n'était naturellement pas au courant et n'osait fouiller dans les fiches et papiers des téléphonistes chargées des communications extra-urbaines. Après bien des démarches, des éclats de voix, des aigreurs, des échanges de propos assez vifs, des menaces au nom de la police, des invocations au sens du devoir national, on réussit à dénicher chez elle une des employées qui mit la plus mauvaise grâce à se déranger en s'appuyant sur son droit sacré au repos hebdomadaire. Il était près de 15 heures lorsque, enfin! Andreas obtint ce qu'il cherchait.

Tout en déjeunant avec les provisions apportées de chez lui et préparées par Mrs Mortimer, Fychan contemplait d'un œil humide la pauvre Mabli Domkey qui, prostrée sur un banc, ressemblait à une épave abandonnée sur le rivage par le reflux. Au fur et à mesure que le temps avait passé sans qu'Andreas revînt, la jeune fille s'était énervée, avait pleuré, crié et, finalement, brisée par l'attente interminable, elle était tombée dans une sorte de torpeur que Mortimer jugeait assez pitoyable. Il ne comprenait pas comment une fille aussi jolie pouvait se mettre dans des états pareils pour le sergent Pantrych. Ce dernier apparut vers 15 h 10, marchant sur la pointe des pieds. Un coup d'œil rapide lui donna à penser que Mabli sommeillait. Soulagé, il glissa devant elle en évitant de la réveiller, mais, au moment où il posait la main sur la poignée de la porte de Griffiths, la voix de miss Domkey s'éleva dans le silence dominical :

– C'est gentil à vous, Andreas, d'avoir pensé à revenir...

Le sergent frissonna, la fausse douceur de cette voix laissant présager de rudes orages. Il se retourna, un sourire confiant sur les lèvres.

– Je croyais que vous dormiez, Mabli...

– Quand j'ai sommeil, cher Andreas, je me rappelle toujours que j'ai une chambre et, dans cette chambre, un lit plus confortable que ce banc...

Espérant dévier de son objectif le cyclone s'annonçant, Pantrych s'adressa d'un ton de reproche au planton :

– Oh! Mortimer, est-il possible que vous n'ayez pas apporté une chaise à miss Domkey?

Une telle désinvolture dressa Mabli indignée :

– Il a peut-être oublié de m'offrir une chaise, mais, vous, c'est moi-même que vous avez oubliée! Il n'aspire pas à devenir mon mari, lui!

Andreas faillit répondre que lui non plus ne nourrissait absolument pas cette espérance, mais ce n'était vraiment pas le moment d'aggraver la situation.

– Allons, Mabli, vous devez essayer d'admettre que ce n'est pas ma faute!

– Insinuerez-vous que c'est la mienne?

– Bien sûr que non! C'est la faute de Gwylim Hughes qui trouve le moyen de se faire assassiner pour me gâcher mon week-end...

– Et le mien!

– Je suis policier, Mabli, et contraint de me soumettre aux obligations de mon métier.

– Mais moi, Andreas Pantrych, je n'appartiens pas à la police! Et j'ai le droit – vous entendez? – le droit de vouloir passer mon dimanche ailleurs que sur un banc du CID. J'ai le droit d'avoir faim et soif! Et si j'ai mis ma belle robe verte, ce n'est tout de même pas pour les beaux yeux de ce vieux jeton!

Outré par ce qualificatif injurieux, Mortimer protesta :

– Non, mais, en voilà des façons! C'est comme ça que vous me remerciez de vous tenir compagnie? Vieux jeton! Pour vous aussi, ma belle, le jour viendra où vous serez un vieux jeton!

Le sergent usa de son autorité pour apaiser la colère de son collègue :

– Ça va, Mortimer... Mettez cette réflexion malheureuse sur le compte de l'énervement légitime de miss Domkey... Mabli, votre épreuve est terminée. Juste un mot à dire à l'inspecteur et je suis à vous... Nous rattraperons le temps perdu et je vous promets une foire à tout casser!

– On boira du champagne?

N'aimant pas à gaspiller son argent, Andreas sentit son cœur se serrer, mais le sentiment de sa culpabilité le poussa à des concessions ruineuses. Dans une grimace qui se voulait sourire, il accepta :

– Nous boirons des fleuves de champagne!

Fleuves que l'économe policier se promettait de réduire au plus petit ruisselet.

Deux motifs puissants poussaient Iwan Griffiths à ne pas quitter son bureau en ce dimanche : l'intérêt de plus en plus vif qu'il prenait au problème posé par le meurtre de Hughes et le soulagement de ne pas être astreint, comme d'habitude, à vivre des heures languissantes auprès de sa triste épouse. Il avait déjeuné de sandwiches que Mortimer était allé lui chercher et maintenant, l'esprit lucide, il fumait sa pipe en reprenant pour la centième fois les pièces du puzzle qu'il avait pour mission de reconstituer. L'entrée de Pantrych l'arracha à ses songes calculés.

– Alors, sergent?

– Qu'est-ce que j'ai eu comme mal, chef! J'avais l'impression, en sollicitant un effort de la part des fonctionnaires des postes, que je leur demandais de renverser la Couronne!

– Résultat?

– Le coup de téléphone adressé à Llandrindod Wells l'a été d'une cabine publique de Fairwater.

– Excellent! Il s'agissait bien d'un piège...

– Oui, mais pour en découvrir le promoteur...

– Commençons donc par essayer de savoir qui devait en être la victime ou les victimes.

– Je ne comprends pas, chef. Il me semble que le cadavre de Gwylim Hughes dit assez qui est la victime, non?

– Attention, Andreas, c'est peut-être moins simple que cela et les hypothèses sont nombreuses! Négligeons les conséquences absurdes de certains faits et nous avons plusieurs cas à envisager : Morgan, d'accord avec Catrin Hughes, décide de se débarrasser du mari. Morgan lui téléphone pour lui annoncer qu'un homme est auprès de sa femme, chez lui, en l'absence de tout domestique. Morgan guette l'arrivée de Hughes et le tue.

– Assez improbable... car, dans ce cas, ses explications ne tiendraient pas debout, alors qu'il était si simple, puisque de toute façon il se savait compromis au premier degré, de plaider la légitime défense. Surpris par le mari, il se défend et tue pour ne pas être tué. Une légère mise en scène suffisait pour accréditer son récit.

– Exact. Autre hypothèse : quelqu'un qui déteste Catrin Hughes sait qu'elle va amener un homme chez elle. Il téléphone au banquier pour qu'il ait la preuve de l'infidélité de sa femme. Malheureusement, le complice de celle-ci tue Gwylim Hughes.

– On en revient aux mêmes objections que tout à l'heure en ce qui concerne l'attitude incompréhensible de Morgan. De plus, comment l'autre personnage aurait-il su que Catrin inviterait Morgan chez elle?

– Exact. Troisième hypothèse : quelqu'un qui en veut mortellement à Hughes pour une raison que j'ignore voit le banquier arriver, le tue et se sauve, croyant la maison déserte.

– Hé! Hé! voilà qui me plaît mieux, car j'ai là un coupable tout désigné : Padrig Trahern. Il est de la maison, il sait que les domestiques sont absents, il téléphone à son patron et guette sa venue. Qu'est-ce que vous en dites?

– Possible, mais Modlen Lowett nous a affirmé que le banquier, s'il se permettait quelques privautés avec elle, n'est jamais allé jusqu'à se conduire vraiment mal!

– La jalousie n'a pas besoin de faits patents pour se manifester.

– Sage réflexion, Andreas. Vous voyez que nous progressons légèrement? Nous nous occuperons de cette troisième hypothèse qui se heurte le moins à des impossibilités et qui s'accorderait avec la thèse soutenue par Catrin Hughes et Morgan.

– Ce qui ne serait pas pour vous déplaire, chef?

– Je le reconnais. Trente ans de métier m'ont donné la certitude de pouvoir dire si un homme est innocent ou non. A moins que cette certitude ne soit qu'une illusion, je parierais ma retraite que Morgan n'est pour rien dans tout cela!

– Bon. Eh bien! chef, maintenant, je vous dis au revoir...

– Pourquoi? Je ne m'en vais pas...

– Vous, peut-être, mais moi, oui!

– Erreur, cher Andreas, erreur! Vous ne pouvez vous en aller sans ma permission et cette permission... je ne vous la donne pas!

– C'est une plaisanterie, chef?

– Andreas! M'avez-vous vu jamais plaisanter?

– Enfin, chef, il est bientôt 4 heures! Et Mabli qui m'attend depuis...

– Je compatis au sort de miss Domkey, Andreas, soyez-en persuadé... mais le travail avant tout! Lorsque nous aurons arrêté l'assassin de Gwylim Hughes, vous pourrez prendre cinq ou six jours de congé et filer le parfait bonheur en compagnie de votre Mabli.

Le sergent poussa un soupir qui eût attendri n'importe qui, mis à part l'inspecteur-chef du CID.

– Il est à prévoir que lorsque ce moment viendra, Mabli sera partie depuis longtemps avec un autre!

– Alors, cela démontrera qu'elle ne tenait pas à vous et vous me remercierez de vous avoir ouvert les yeux!

– Chef, je me sens capable de tout... sauf de vous remercier!

– Ça viendra, Andreas, ça viendra lorsque vous aurez recouvré votre sang-froid et, en espérant que cette heure sonne bientôt, vous retournez à Fairwater voir d'un peu plus près ce jardinier, clef de voûte de l'hypothèse provisoirement adoptée.

Pantrych qui, de dégoût, s'était laissé tomber sur une chaise, se leva lentement :

– Je suppose que tout ce que je pourrais vous dire ne changerait rien?

– Rien.

– Sauf si je vous remettais ma démission?

– Je l'accepterais, parce que si vous agissiez ainsi, cela prouverait que vous n'aimez pas votre métier.

– Et Mabli, qu'est-ce que je lui raconte?

– Sortez donc par ma porte, cela vous évitera des ennuis...

– Vous êtes bien bon, chef.

Le sergent se dirigea vers la porte qu'utilisait Griffiths pour échapper aux importuns. Avant de la franchir, il se tourna vers son supérieur :

– Faites-lui quand même porter un sandwich!

Miss Price, sous les effets conjugués du rôti, du cake et de la bière, sentait ses paupières se fermer. Souhaitant se débarrasser des enfants pour quelques heures, elle glissa un billet d'une demi-livre dans la main de Caradog en lui recommandant d'aller promener sa fiancée dans Cardiff. Les deux gosses obéirent en montrant le plus grand empressement. Restée seule, tante Sioned s'installa dans son grand fauteuil, croisa les mains sur son ventre et, un sourire béat aux lèvres, s'endormit.

Dans la rue, Caradog voulut connaître ce dont Buddug avait envie.

– Aimez-vous mieux que nous allions au port plutôt qu'au parc?

– Non, Caradog, je préférerais retourner à Fairwater.

Sévèrement, la petite remarqua :

– Je ne peux pas me promener quand daddy est en prison!

Caradog rougit sous le reproche déguisé.

– Vous avez raison, Buddug! Et si nous rencontrons ce maudit jardinier...

La fillette l'interrompit :

– Nous nous sauverons.

Coupé dans son élan, le gamin resta un instant indécis, mais étant raisonnable, il approuva :

– ... Et nous courons sûrement plus vite que lui!

D'abord, Mabli ne comprit pas ce que désirait cet homme qui s'inclinait légèrement devant elle, lui tendait une assiette sur laquelle s'empilaient deux ou trois sandwiches. Elle regarda Mortimer, quêtant une explication. Celui-ci interrogea le ravitailleur :

– Qu'est-ce que c'est, mon garçon?

– On a téléphoné d'ici... L'inspecteur-chef Griffiths... Il a commandé au patron d'apporter quelques sandwiches à une jeune miss qui attendait dans son antichambre.

Miss Domkey n'était point sotte. Elle demanda d'un ton tranchant :

– Mr Mortimer... le sergent Pantrych pouvait-il ressortir du bureau de l'inspecteur sans passer devant nous?

– A condition que Mr Griffiths lui ait ouvert sa porte personnelle.

– C'est clair, n'est-ce pas? Il est reparti et, n'osant pas m'annoncer un nouveau retard, il m'envoie des sandwiches! Eh bien! vous allez voir ce que j'en fais de ses sandwiches!

Fychan Mortimer eut juste le temps d'ôter l'assiette des mains du serveur.

– Miss! Calmez-vous! Il ne faut pas gâcher de la si bonne marchandise... Ce serait un vrai péché!

D'un geste, le planton congédia le garçon qui tint

à remporter l'assiette, à défaut du pourboire qu'il espérait, mais l'état apparent de la jeune fille ne conseillait guère de réclamer quoi que ce soit. Dans un ricanement où était incluse toute la félonie des mâles depuis l'aube des temps, Mabli rappela :

– Et j'ai retenu une table au *Cadena*!

– Ce sera pour ce soir, miss.

– Parce que vous vous figurez que je vais l'attendre encore, ce voyou? ce poseur de lapins? Et qu'est-ce qui me prouve qu'il n'est pas allé en rejoindre une autre?

Au CID, même les plantons ont de la jugeote et Fychan souligna que l'inspecteur-chef Griffiths s'affirmait suffisamment ménager des deniers de la Couronne pour ne point dépenser l'argent de celle-ci à seule fin de favoriser les amours secrètes du sergent Pantrych. Miss Domkey dut s'incliner, mais son dépit n'en fut pas dissipé pour autant. Elle se leva :

– Le nommé Andreas s'est suffisamment offert ma physionomie, Mr Mortimer! Vous lui direz de ma part qu'il ne s'avise pas de chercher à me revoir, ni même à me téléphoner. Pour moi, il est aussi mort que s'il n'avait jamais existé!

Cette comparaison illogique ne troubla point le vieux constable, pas fâché de jouer un mauvais tour au beau sergent en l'empêchant d'échapper aux liens du mariage prêts à l'entortiller. Avec un soupir hypocrite, il murmura :

– Dommage... Pantrych a un bon traitement... et il paraît qu'il a aussi un avenir assuré au CID. Aussi incroyable que cela paraisse, Mr Griffiths l'estime beaucoup et il serait nommé inspecteur d'ici un an que ça ne m'étonnerait pas...

C'est bien joué. Miss Domkey se rassit.

– Vous croyez?

– Je n'ose pas dire que j'en suis sûr, miss, mais c'est tout comme...

– Et qu'est-ce que ça gagne, un inspecteur?
– Dans les huit cent cinquante-cinq livres pour commencer, avec une augmentation de trente livres par an.
Mabli plongea dans une rêverie où l'intérêt bien compris le disputait aux réactions d'un amour-propre à vif. Elle en sortit pour affirmer :
– Je crois que je patienterai encore un peu...
– A mon avis, vous agissez raisonnablement, miss. Prenez donc un sandwich.
– Je n'ai pas faim...
– Alors, si vous permettez?
Et Mortimer mordit dans un sandwich qui avait, en plus, la saveur de la vengeance : Andreas n'était pas encore sorti des charmantes griffes de miss Domkey.

A la *Framboise sauvage*, on avait interrompu la partie de fléchettes pour écouter Padrig Trahern stigmatiser l'incurie d'une police qui, incapable d'arrêter les meurtriers, s'en prenait aux honnêtes gens. Les habitués nourrissaient une certaine sympathie pour le jardinier des Hughes que sa position dans la demeure du crime mettait en vedette. Par lui, on espérait récolter des renseignements qu'on raconterait aux copains afin de se faire valoir. On demanda :
– Vous auriez pas une idée, des fois, Trahern, sur celui qui a descendu votre patron?
– Qui sait? Seulement, vous me comprenez, hein? Motus et bouche cousue... j'ai pas envie d'attraper un procès en diffamation!
On le pressa de s'expliquer. Il refusa :
– Ça ne serait pas honnête et puis, gentlemen, Modlen Lowett, ma fiancée, m'attend... Vous voudrez bien m'excuser? On a beau n'être que jardinier, on connaît les manières envers les dames!
On le laissa partir à regret. Mais à peine Padrig

posait-il le pied dehors qu'il sentit une main s'appuyer sur son épaule. Croyant à la familiarité d'un ami il se retourna, le sourire aux lèvres, sourire qui se changea en grimace quand il reconnut le sergent Pantrych.

– Encore vous?

– Pas gentil, ça, Mr Trahern! Vous refusez de collaborer?

– Moi, je demande qu'un chose : qu'on me foute la paix! Vous comprenez ce que je veux dire!

– Oh! très bien... mais c'est difficile...

– Pourquoi?

– Parce que vous êtes toujours le suspect numéro un!

– Encore? Enfin, sergent, c'est pas humain, ce que vous faites! J'y ai pas droit, à ma liberté, non? Modlen m'attend chez sa mère pour que je lui rappelle les règles élémentaires de la morale et voilà que vous venez me tarabuster comme si j'étais un criminel!

– C'est que, justement, Trahern, je ne suis pas du tout certain que vous n'en soyez pas un.

– Moi? Elle est raide, celle-là! Mais votre chef m'a relâché! Il m'aurait pas laissé partir s'il m'avait soupçonné?

– Tout à l'heure, c'était autre chose... Depuis, on a eu de nouveaux renseignements qui vous remettent dans le bain.

Effondré, Padrig écarta les bras dans un geste de tragique impuissance et, résigné :

– C'est pas humain, vous entendez? C'est pas humain! Allez, dites ce que vous avez à dire... que cette garce de Modlen, si je tarde trop, est capable de filer rejoindre Ioverth Steffan, le garçon coiffeur!

Pantrych glissa son bras sous celui du jardinier.

– Promenons-nous tranquillement... comme deux copains...

Amer, Trahern soupira :

– Deux copains!... Vous avez de ces expressions! Vous êtes pas humain, sergent!

– Vous doutez-vous de la raison pour laquelle Gwylim Hughes est revenu chez lui, vendredi soir, alors qu'il se trouvait, ainsi que toutes les semaines, chez son ami Owen Jones, à Llandrindod Wells?

– Non... et, sincèrement, je m'en fous!

– Pas moi. Un homme lui a téléphoné pour lui annoncer que sa femme allait recevoir quelqu'un chez elle.

– Et alors?

– Cet homme... ça ne serait pas vous, par hasard?

– Moi?

– Vous n'ignoriez pas où était votre patron?

– Evidemment! Depuis plus d'un an qu'il s'en va tous les vendredis à midi...

– Vous connaissez le numéro de Mr Owen Jones?

– Oui, je le connais. Il m'est arrivé de téléphoner à Mr Hughes pour des ordres qu'il avait oublié de me donner en partant. Mais, où voulez-vous en venir?

– A ce que vous m'avouiez que c'est vous qui l'avez appelé à Llandrindod Wells pour lui conseiller de rappliquer en vitesse.

– Pourquoi?

– Pour vous venger! Vous étiez jaloux?

– A ce compte, je devrais être jaloux de Iowerth Steffan?

– Mais vous l'êtes!

– D'accord. Mais une fille comme Modlen, si je devais zigouiller tous ceux par qui elle se laisse conter fleurette, j'aurais déjà dépeuplé le quartier!

– Il y a toujours un commencement, non?

Brusquement, Padrig fondit en larmes et Pantrych, bien embêté, ne savait plus quelle attitude adopter. Il essaya de le consoler :

– Allons, ne vous laissez pas abattre...

– Vous en avez de bonnes! Modlen me trompe et, vous, vous voulez me coller en prison... Vous trouvez que c'est humain? La vérité, c'est que je suis un sentimental, sergent, et que cette Modlen, ça a beau être une garce, je peux pas m'empêcher de l'aimer!

– Bon... Filez donc la rejoindre, votre Modlen, mais vous restez à la disposition de la police et, demain, nous aurons sans doute un nouvel entretien. Tâchez qu'on n'ait pas à vous chercher!

A Cardiff, il n'est point dans les mœurs de fermer les portes au verrou. Dans l'ensemble, les Gallois se font confiance les uns aux autres et c'est la raison pour laquelle Buddug et Caradog n'eurent qu'à pousser légèrement la belle grille pour pénétrer dans le parc des Hughes. Cette fois, Modlen ne vint point à leur rencontre et ils avancèrent, l'œil et l'oreille aux aguets, prêts à revenir sur leurs pas si la silhouette du jardinier apparaissait au détour d'un massif. Il leur fallait montrer beaucoup de prudence car, ce coup-ci, tante Sioned ne se trouvait pas dans les parages pour renverser le sort d'hypothétiques batailles.

Les enfants parvinrent au bas du perron sans encombre. Au moment de monter les marches menant à la terrasse, le courage commençait à leur manquer. De son salon où elle lisait, Catrin Hughes, relevant la tête, fut intriguée par ces gosses entrés chez elle sans sa permission. D'abord, elle pensa qu'ils venaient solliciter une aumône, mais presque aussitôt leur aspect d'enfants bien tenus lui montra l'inanité de cette idée. Elle ne se souvenait pas les avoir déjà rencontrés et, par conséquent, il ne lui paraissait pas qu'il pût s'agir de voisins curieux attirés par le drame. Dans la grande maison vide, Catrin était seule. Le scandale déclenché par les circonstances de la mort de son mari n'incitait personne à lui rendre visite et, ayant prévu que les choses se dérouleraient ainsi, elle avait fait transporter le corps de Gwylim dans la petite chapelle attenant à la clinique dont il était un des bienfaiteurs. Ainsi, ses amis et relations pouvaient aller saluer sa dépouille sans craindre de se trouver en face de la veuve. Là-bas, Ifor Hughes représentait la famille. Les gens devaient penser qu'il avait enfin réussi à chasser l'étrangère...

Au moment où les petits, se tenant par la main, se décidaient à monter le perron, Catrin se leva pour se porter à leur rencontre. En voyant cette belle dame aux cheveux blonds qui souriait, Buddug et Caradog, après une légère hésitation, s'approchèrent. La fillette, plus assurée que son camarade, salua Mrs Hughes la première :

– Comment allez-vous, Mrs Hughes?

Amusée, Catrin entra dans le jeu :

– Très bien, je vous remercie... A qui ai-je l'honneur?

– Je suis Buddug Morgan, et voilà mon fiancé, Caradog Price.

– Votre fiancé... vraiment?

– Oui, nous nous marierons quand nous serons grands.

– Ah!... Puis-je vous demander la raison de votre visite?

– Je m'appelle Buddug Morgan, Mrs Hughes.

– Je sais, vous me l'avez déjà... Ah! Buddug Morgan? Vous êtes la fille de...?

– ... De Ianto Morgan qu'on a arrêté chez vous, vendredi soir.

Gênée, Catrin Hughes se renfrogna, redoutant une scène pénible.

– Etes-vous venue pour m'adresser des reproches?

– Non, pour essayer de comprendre ce qui s'est passé et pourquoi daddy est en prison.

Elle les invita à entrer au salon, les y installa avant de leur proposer :

– Souhaitez-vous que je vous prépare du thé?

– Merci, Mrs Hughes, mais nous n'avons pas faim.

Elle prit place en face d'eux.

– Vous devez être très fâchée contre moi, je suppose?

– Non, Mrs Hughes. Du moment que vous êtes blonde, tout s'explique. C'est un blond naturel?

– Mais oui... Je ne saisis pas très bien ce que...

– Daddy perd toujours la tête en présence des blondes. C'est plus fort que lui. Elles en font ce qu'elles veulent de daddy! Je croyais qu'il en était de même pour tous les hommes... mais il paraît que non.

Caradog se hâta d'affirmer :

– Moi, je n'aime que les brunes. Excusez-moi, Mrs Hughes.

– Vous êtes tout excusé, Mr Price.

Sur la prière de Buddug, Catrin leur raconta à peu près comment elle avait rencontré Morgan et ce qu'elle savait du drame. La fillette l'interrompit pour lui demander :

– Mrs Hughes... est-ce que vous croyez daddy coupable?

– Non... naturellement.

Buddug sentit que la réponse n'était pas très ferme.

– Vous savez, Mrs Hughes, daddy ne s'est jamais battu avec personne. Ce n'est pas du tout dans son tempérament... Mrs Hughes, est-ce que vous aimez daddy?

Peu habituée à entendre une enfant lui poser de pareilles questions, Catrin essaya de plaisanter :

– C'est très indiscret ce que vous me demandez là... Votre père est très sympathique... Il m'a parlé de vous, me disant combien vous étiez une petite fille sérieuse... Il m'a même avoué qu'il vous craignait un peu.

Buddug haussa les épaules :

– On craint toujours ceux qui vous surveillent et vous empêchent de faire des bêtises. Si daddy m'avait emmenée à Cardiff, tout ceci ne serait pas arrivé.

– Sûrement... S'il n'y avait pas eu ce drame, nous nous serions revus, votre père et moi, et j'ignore comment nos relations auraient évolué par la suite... Qui sait? Je serais peut-être devenue votre seconde mère? Cela vous aurait-il déplu?

– J'aurais été très fière de me promener avec vous, à Brecon, mais pas bien contente, au fond, car j'avais d'autres projets pour daddy...

Après avoir adressé un coup d'œil complice à Caradog, elle soupira :

– Les pères ne sont pas toujours très raisonnables, Mrs Hughes, et, souvent, ils agissent sans trop réfléchir. Vous aviez déjà rencontré daddy avant vendredi, n'est-ce pas?

– Oui, le samedi précédent.

– Je m'en doutais... Quand il m'a dit qu'il partait à Cardiff pour affaires, j'ai bien compris qu'il mentait. Daddy ne sait pas mentir. Il est très jeune. Pourtant, quand il n'y a pas de blondes dans les parages, daddy est un vrai gentleman!

– Puis-je vous assurer que même avec une blonde il se conduit comme un vrai gentleman?

Buddug ne parut pas très convaincue et eut une moue significative.

– Vous pensez que c'est possible, Caradog?

– Non, Buddug, je ne le pense pas.

Après l'avoir distraite, ces enfants commençaient à énerver un peu Catrin Hughes.

– Je regrette que vous puissiez admettre que je mente. Ça ne doit pas être très gai d'avoir une fille ou un fils aussi raisonnable...

– Il faut toujours qu'il y ait quelqu'un de raisonnable dans une famille, n'est-ce pas?

– Sans doute... Eh bien? nous n'avons plus rien à nous dire et puisque vous ne tenez pas à prendre une tasse de thé...

Les petits se levèrent ensemble et Caradog déclara :

– Merci de nous avoir reçu aussi aimablement, Mrs Hughes.

– Soyez persuadé que c'est dans mes habitudes, Mr Price.

Elle les raccompagna sur le perron où Buddug dit :

– Mrs Hughes, je souhaiterais beaucoup vous demander quelque chose...

– Je vous en prie?

– Est-ce que daddy vous a embrassée sur la bouche?

Suffoquée, Catrin ne répondit pas tout de suite, puis se reprenant :

– Sûrement pas... Serait-ce dans les habitudes de votre père?

– Je vous ai déjà expliqué qu'avec les blondes, il est capable de tout. Enfin, vous me rassurez, Mrs Hughes, et je vous en remercie.

Perplexe, Catrin regardait les deux gosses s'éloigner. Ils s'étaient repris la main et, sans trop deviner pourquoi, elle les enviait.

Sur Fairwater Road, où ils allaient retrouver le bus qui les ramènerait à Glynne Street près de la tante Sioned, Caradog interrogea sa compagne :

– Buddug, je ne comprends pas pourquoi vous

avez posé cette dernière question à Mrs Hughes. Elle était très choquante, ne trouvez-vous pas?

– Je tenais à savoir si daddy avait donné un enfant à Mrs Hughes, parce qu'alors, il ne pourrait plus épouser votre mère...

Mabli Domkey sommeillait sur son banc, vaincue par une attente qui n'en finissait pas. Un policier en uniforme surveillait deux voyous enchaînés l'un à l'autre. Fycham Mortimer s'acharnait à résoudre un problème de mots croisés. Andreas pénétra dans l'antichambre comme un spectateur, défié par le dompteur et n'osant pas se récuser devant le public, entre dans la cage aux fauves. Il profita de l'avantage que lui donnait le hasard :

– Mabli?

Elle sursauta, ouvrit les yeux, le reconnut :

– Andreas!... Vous êtes donc encore de ce monde?

– Darling, je suis vraiment navré...

– Pourquoi? C'est très agréable, je vous assure, de passer son dimanche sur un banc du CID... Je vous remercie infiniment de m'avoir fait connaître un divertissement que je ne soupçonnais même pas...

– Ne soyez pas amère, darling...

– J'aurais bien mauvaise grâce à l'être, n'est-ce pas sergent Pantrych? Ce n'est pas tout le monde qui peut offrir à sa fiancée un séjour aussi plaisant...

Et montrant du menton les deux truands enchaînés :

– ... Dans une pareille promiscuité! Vous avez le sens de l'original, cher Andreas.

Evitant à Pantrych de répondre, un des voyous protesta :

– C'est pour nous qu'elle dit ça, la môme?

Galant, l'agent se porta au secours de la jeune

fille en intimant à son prisonnier l'ordre de se taire, ce que celui-ci n'accepta pas sans regimber :

– J' veux pas qu'on m' manque! C'est mon droit, non?

Le policier sentit la moutarde lui monter au nez et, menaçant :

– Continuez, Duke, et vous verrez si je vous manquerai, moi!

Le copain de Duke intervint :

– Laissez tomber, Duke... C'est tout flicaille et compagnie... Vous mélangez pas!

Mabli regarda Andreas et, dans un sourire où la perspicacité du sergent découvrit une terrible envie de mordre :

– Ce week-end restera sûrement comme un des meilleurs souvenirs de ma jeunesse.

– Ecoutez-moi gentiment, darling... Je n'en ai plus...

Elle enchaîna, sarcastique :

– ... Que pour quelques instants.

– C'est vrai, cette fois, je vous le jure! Il n'est que 17 heures...

– Que 17 heures...?

– Nous avons encore beaucoup de temps devant nous pour terminer ce dimanche mieux que nous ne l'avons commencé. Etablissez le plan de la soirée, je reviens tout de suite.

Andreas se dirigea vers le bureau de Griffiths tandis qu'un des voyous grognait :

– Si c'est pas malheureux de voir un homme s'aplatir de cette façon devant une fille!

Son philosophe complice protesta :

– C'est pas un homme, Duke, c'est un flic!

– En somme, nous ne sommes guère plus avancés, tout compte fait, que ce matin?

– Pas plus avancés, chef, et j'ai perdu mon dimanche... comme j'ai perdu mon samedi!

– Sergent Pantrych, on ne perd jamais son temps quand on travaille pour la Couronne!

– Oui, chef.

– Je pense que, pour ce soir, c'est terminé. Nous ne pourrons rien apporter de positif demain matin au juge Harris, et il y a bien des chances pour que Ianto Morgan reste en prison. Naturellement, vous vous en fichez?

– Pardon?

– Je dis que cela vous est complètement égal que Morgan reste ou non en prison. Vous êtes un égoïste, Andreas.

– Je compatis beaucoup aux ennuis de Morgan, chef...

– Et menteur avec ça! Ah! je plains miss Domkey... Si elle vous entendait, je doute qu'elle accepterait de devenir votre femme. Rejoignez-la, sergent, puisque aussi bien vous ne me semblez pas en état de penser à autre chose qu'à vos amours vagabondes. Veuillez dire de ma part à cette personne combien je souhaite que, vous ayant passé la bague au doigt, elle vous ramène à une plus claire compréhension de vos devoirs. Bonsoir!

Le sergent Andreas Pantrych ne put transmettre à Mabli la commission dont l'avait chargée l'inspecteur-chef Griffiths car lorsqu'il revint dans l'antichambre, Fychan Mortimer y bâillait seul.

– Il n'y a plus personne?

– Non, sergent. Les voyous ont été emmenés chez l'inspecteur Howells et miss Domkey a filé.

– Filé?

– Elle m'a prié de vous dire qu'elle avait été très heureuse de connaître un individu de votre acabit, mais qu'elle ne désirait pas pousser plus avant ses relations avec vous. Elle vous serait obligée de ne plus l'importuner. Votre muflerie, a-t-elle ajouté, donnait plus d'éclat aux qualités d'un certain Lug Williams qu'elle est partie rejoindre.

Effondré, Andreas se laissa tomber sur une chaise.

– Les femmes sont d'étranges personnages, Mortimer...

– Et encore vous, sergent, vous avez la chance de vous en apercevoir à temps...

Tante Sioned avait écouté, avec un secret ravissement, le récit de la démarche de Buddug et de Caradog auprès de Catrin Hughes. Elle se sentait très fière de son neveu et de celle que, déjà, en son cœur, elle nommait sa nièce. Avec de pareils gosses, le vieux pays n'était pas près de déchoir. Estimant qu'il lui appartenait de faire quelque chose pour marquer son contentement, elle proposa :

– Buddug, avez-vous déjà été au music-hall?

– Il n'y en a pas à Brecon, miss Price.

– Eh bien! nous allons nous hâter de manger et nous nous rendrons à *L'Olympia*. J'ai vu l'affiche sur le mur de la boulangerie de Moira Splott. Il paraît qu'il y a un pickpocket tellement habile qu'il vous dérobe tout ce que vous avez sur vous sans que vous vous en rendiez compte. Notez que, personnellement, je suis assez sceptique, car jamais personne ne s'est encore avisé de me dérober quoi que ce soit et je serais curieuse de voir si ce Lionel Turner viendra à bout de ma vigilance!

Tante Sioned n'aimait pas attendre. Cela ne convenait ni à son physique – sa masse supportant difficilement l'immobilité et la station verticale – ni à son caractère. Cependant, les gens de Cardiff se souciaient peu des goûts de miss Price et une véritable cohue assiégeait les guichets de *L'Olympia*, créant une sorte de mur à peu près infranchissable. Pour avancer et gagner des places, tante Sioned possédait une méthode parfaitement mise au point.

Quand un vide, si réduit qu'il fût, se produisait, elle s'y jetait de tout son poids, ce qui avait pour effet immédiat d'expulser sept ou huit personnes d'un coup. On protestait, on récriminait, mais la grosse demoiselle, impavide, n'entendait rien. Lorsqu'un vide ne se creusait pas devant elle, alors elle se laissait aller sur le dos de la personne qui la précédait et qui, pour échapper à l'écrasement, se lançait de côté, ce dont tante Sioned profitait pour gagner un mètre ou deux. Buddug et Caradog, à l'abri derrière leur protectrice, imitaient les fantassins se profilant derrière un tank pour conquérir le terrain. Tante Sioned fit tant et si bien que cinq minutes avant le lever du rideau, elle occupait – entourée des deux enfants – trois fauteuils d'orchestre.

La première partie du spectacle se déroula sans la moindre anicroche et tante Sioned ne lui accorda qu'une attention polie. A l'entracte, elle acheta des bonbons, puis l'orchestre entamant la ritournelle annonçant la reprise du programme, elle tenta de se caler un peu plus confortablement dans le fauteuil où elle s'était littéralement encastrée. Le rideau se leva mais, au lieu du pickpocket Lionel Turner qu'elle voulait affronter, ce fut un chanteur de charme qui apparut. Un moment surprise, tante Sioned laissa l'artiste égrener ses roucoulades, puis consciente d'être dupée, elle commença à protester à haute voix. Par des « Chut! » de plus en plus prononcés, ses voisins alentour essayèrent de lui imposer silence. Peine perdue. Loin de l'apaiser, la réprobation générale excitait miss Price qui se mit à parler d'escroquerie. Un gentleman exaspéré se leva et lui intima l'ordre de se taire ou de s'en aller. Ce gentleman ne connaissait pas tante Sioned. Elle poussa un tel cri d'indignation que le chanteur, surpris, dérapa dans un couac inattendu. Stupéfié, le chef d'orchestre resta la baguette en l'air et les musiciens s'arrêtèrent. Miss Price, dans un effort titanesque, qui fit sauter sur leurs sièges tous les occupants de sa rangée, s'arracha à l'étreinte des accoudoirs et répliqua à son agresseur :

– Vous avez un sacré toupet, sir! Je suis venue ici, j'ai payé ma place et celle de mes neveux pour voir à l'œuvre Lionel Turner et on m'offre un individu qui susurre des inepties! Si ça vous amuse, cela prouve que vous êtes aussi bête que lui!

Une ouvreuse se précipita pour ramener le calme, mais, à sa première admonestation, tante Sioned lui lança :

– Si j'étais vous, miss, je ne me mêlerais pas de cette histoire!

La malheureuse employée, épouvantée, pivota sur ses talons et courut chercher du secours. Sur la scène le chanteur, dénouant sa cravate, jouait le désespoir et prenait le public à témoin du sabotage de son numéro. Buddug et Caradog s'amusaient comme des fous, se demandant si miss Price tiendrait longtemps tête à la salle tout entière dressée contre elle. L'ouvreuse revint avec un constable qui ordonna :

– Veuillez sortir, miss, je vous prie!

Tante Sioned eut un ricanement de défi :

– Venez me chercher!

Le constable avait ce courage tranquille qui caractérise les policiers britanniques. Ecrasant quelques pieds, il s'insinua dans la rangée et, prenant miss Price par le bras, voulut la remorquer jusqu'à l'allée centrale. En dépit de ses efforts, il ne put l'obliger à bouger d'un centimètre. Enfin, lassée d'être tiraillée, tante Sioned se fâcha et d'un revers du bras envoya le policeman sur deux vieilles filles qui hurlèrent, car c'était la première fois qu'un homme se permettait de s'asseoir sur leurs genoux. Rouge comme une pivoine, le constable s'excusa et, pour se relever, dut s'agripper à une cuisse, à une épaule – dans son trouble, il empoigna même un sein qui se trouvait à portée de sa main et dont la détentrice glapit de douleur – et quand, enfin, il put se remettre debout, il s'aperçut qu'il avait perdu son casque. Il lui fallut replonger vers le sol à sa recherche. Du coup, les rieurs prirent parti pour la perturbatrice et nul ne s'occupait plus du chanteur qui larmoyait sur la scène. Le policeman, au complet cette fois-ci, prétendit s'attaquer de nouveau à tante Sioned qui le regardait en souriant et dissipa ses velléités combatives d'un :

– Alors, jeune homme, nous entamons le second round?

Au moment où l'honneur de la police allait sombrer corps et biens, le directeur prévenu arriva, suivi de trois constables. L'espoir changea de camp, de même qu'à Waterloo autrefois. Un instant, miss Price put conserver l'illusion de la pérennité de sa victoire, les policiers commettant l'erreur de s'engager à la suite les uns des autres dans la rangée où tante Sioned faisait front à la meute. Poussé par ses camarades, le constable déjà en place la prit dans ses bras. D'un effort de tout le corps, tante Sioned l'arracha au sol et le renvoya sur les genoux des mêmes vieilles filles terrorisées et dont l'aînée demanda au policier s'il n'avait pas honte de se conduire de cette façon en public. Le chanteur, désespérant d'être entendu, rentra en coulisse. Dans le silence de l'orchestre, un trombone crut spirituel de jouer quelques notes de *L'Apprenti sorcier.* Le chef le réprimanda vertement, mais l'initiative de son musicien lui donna une idée. Il glissa quelques mots à l'oreille du premier violon qui les transmit au second violon qui les chuchota à son voisin et ainsi de suite. Quand tout le monde fut au courant, le chef tapa de sa baguette sur le pupitre et, levant les bras pour retenir l'attention, ordonna :

– Allons-y!

Et les premières mesures du *God Save The King* retentirent. Aussitôt, la salle entière se leva et les policemen se mirent au garde-à-vous, mais le directeur du music-hall, un moment interdit, comprit l'initiative de l'orchestre. Il parla au sergent qui se tenait à ses côtés et celui-ci murmura un ordre. En un clin d'œil, profitant de ce que les spectateurs, debout, n'offraient plus guère d'obstacles à une progression rapide, les constables, se glissant dans la rangée de miss Price ainsi que dans les deux l'encadrant, prirent la demoiselle par surprise, sa fidélité à la Couronne lui ayant fait négliger de se tenir sur ses gardes. Quand elle voulut réagir, il était trop tard. Elle dut s'incliner et sortir. Au passage, une femme se félicita du dénouement et Buddug lui décocha un solide coup de pied dans la cheville tout en s'excusant pendant que la blessée gémissait à fendre l'âme.

Au commissariat, miss Price, sommée de s'expliquer sur le scandale déclenché, se plaignit d'avoir été escroquée. Elle était venue à *L'Olympia* sur la foi d'une affiche mensongère pour voir Lionel Turner, absent du programme. Le directeur du music-hall rétorqua que le célèbre pickpocket, victime d'un accident le vendredi précédent, avait dû être remplacé dès la soirée de ce jour-là et que le fait avait été porté à la connaissance du public par un placard apposé sur les affiches. Tante Sioned protesta que rien ne modifiait le programme sur l'affiche de son quartier et que cet oubli lui donnait le droit d'exiger le remboursement de ses trois places, ce à quoi le directeur consentit volontiers avant de regagner son théâtre, mais en priant miss Price de ne plus jamais remettre les pieds chez lui.

Resté seul avec tante Sioned, l'inspecteur Fullbright, qui éprouvait une grande hâte de terminer l'affaire car on l'attendait à la maison, demanda à la délinquante si elle regrettait son comportement. Décidée à montrer de la bonne volonté, elle acquiesça tout en affirmant qu'elle ne pouvait supporter qu'on portât la main sur elle. Jugeant que miss Price n'avait point frappé les policemen, l'inspecteur se contenta de la morigéner. Adepte passionné de la psychanalyse, il lui conseilla de consulter une spécialiste qui l'éclairerait sur cette combativité inhabituelle chez une personne de son sexe.

– Je sais, inspecteur, je sais... Je suis déjà passée entre les mains d'un psychanalyste. Il paraît que je souffre d'un complexe de frustration...

– Vraiment?

– Le docteur a été formel : je ne me guérirai jamais de n'avoir pas réalisé le rêve de mon enfance.

– Qui était... si je ne suis pas indiscret?

– D'être champion du monde de catch toutes catégories.

VI

Le juge Ofydd Harris se montrait toujours de mauvaise humeur le lundi matin. D'abord, parce qu'il lui fallait se lever tôt alors que, généralement, il se couchait tard le dimanche soir; ensuite, parce que les cas qu'il avait à régler relevaient le plus souvent de la simple amende. Aussi ronronna-t-il de plaisir – mais d'un plaisir malsain tenant à ce qu'il prévoyait la possibilité de passer ses nerfs sur quelqu'un – en lisant sur sa liste le nom de Ianto Morgan, suspect d'avoir frappé Gwylin Hughes de telle façon que mort s'ensuivit. Contrairement à ce qui se passait d'ordinaire, la salle d'audience était pleine, car le meurtre du banquier avait secoué Cardiff. Au premier rang du public, tante Sioned occupait trois places à elle seule. Mererid, arrivée par le premier car, se tenait à côté d'elle. Caradog, assis près de sa mère, échangeait ses impressions avec Buddug. L'inspecteur-chef Griffiths et le sergent Pantrych se trouvaient là à titre de témoins.

Selon un cérémonial qui ne variait guère depuis les quinze années qu'il occupait son poste, le juge Harris entra en maugréant, toussa, renifla et commença à faire défiler les inculpés à toute vitesse, distribuant les amendes avec maestria et selon une échelle des valeurs dont personne n'avait jamais pu percer le secret. Les journalistes, habitués à ses façons, se distrayaient entre eux en pariant sur le montant de l'amende qui serait infligée. On devinait le juge pressé d'en arriver au morceau de choix de la matinée. Il interrompait les explications, refusait d'écouter les défenses, sommait les avocats d'abréger, acquittait sans réprimande ou réclamait dix livres sans justifier sa décision en quoi que ce soit. De l'avis unanime, il connaissait une forme éblouissante. Les broutilles enfin terminées dans le temps record de quarante-sept minutes et quelques secondes, Ofydd Harris se redressa pour annoncer :

– Et maintenant, j'appelle Ianto Morgan, de Brecon, comté de Brechnock?

Toujours aussi calme, toujours aussi inattentif à ce qui l'entourait, Morgan apparut, accompagné d'un gigantesque policeman. A la vue de son père, Buddug cria :

– Hello, daddy!

En entendant la voix de sa fille, Morgan se tourna légèrement pour la chercher des yeux et quand il l'eut aperçue avec Meredid et Caradog, il leur adressa un beau sourire.

– Ça va, darling?

Ofydd Harris tapa violemment de son maillet sur son bureau en demandant à Morgan s'il avait l'intention de ridiculiser la justice, ce dont Ianto se défendit avec une convaincante sincérité.

– Je disais simplement bonjour à ma fillette, Votre Honneur.

– Nous ne sommes pas ici pour procéder à des effusions familiales!

De la salle, une remarque monta, tonitruante :

– Ça, c'est ce que j'appelle une justice inhumaine.

Face à cette attaque inattendue, le juge hésita un instant puis son caractère acariâtre reprenant le dessus, il cria :

– Qui a osé? Qui s'est permis?

– Moi!

– Qui ça, vous? Levez-vous que je vous voie!

Ofydd Harris crut d'abord que le quart de la salle se levait mais, ensuite, quand il se rendit compte qu'une seule personne déplaçait un tel volume, il faillit, d'émotion, en avaler son dentier. Tante Sioned dominant l'assemblée, regardait fièrement le magistrat, qui, ne parvenant pas à reprendre son sang-froid, balbutiait :

– C'est vous qui... c'est vous que...

– Parfaitement, Votre Honneur! Cet homme a été arrêté arbitrairement et maintenant vous voudriez qu'il ne reconnaisse même pas sa fille unique... une orpheline?

– Je ne veux rien du tout... sinon que vous vous taisiez! Compris? Asseyez-vous!

Miss Price se rassit en maugréant, suffisamment haut pour être entendue de tous, que ce n'était pas la peine d'avoir massacré des millions d'êtres humains dans la dernière guerre si les survivants devaient être tenus en esclavage et dans l'arbitraire.

L'aspect de miss Price avait fait quelque peu perdre son équilibre au juge Harris et il bafouilla lamentablement lorsqu'il voulut résumer l'aspect que présentait actuellement le meurtre du banquier Gwylim Hughes. Il y eut des rires parmi les auditeurs. Ofydd se fâcha, ce qui acheva de le troubler, et on entendit dans un trou de silence une petite voix, aiguë comme une trille de flûte, qui demandait :

– Mrs Price, est-ce que les juges boivent aussi?

Cette question déclencha un hourvari et Mr Harris, écarlate, somma le constable géant d'expulser la personne qui venait d'émettre cette réflexion inconvenante. Le policier plongea dans la foule et ramena à bout de bras la jeune Buddug. Ce fut du délire. Le juge hurla :

– Pourquoi cette enfant est-elle là?

Griffiths s'avança :

– Permettez, Votre Honneur, c'est la fille de Morgan.

Le magistrat, tremblant de rage, s'en prit à Ianto :

– Je ne vous félicite pas sur vos méthodes d'éducation. Tel père, telle fille, à ce qui me semble, hein ?

Buddug, que le constable avait lâchée, protesta :

– Oh ! non, Votre Honneur, parce que si daddy me ressemblait, il ne se soucierait pas des blondes et il ne serait pas là en ce moment !

Un photographe bondit de sa place pour prendre un cliché de la fillette et le juge ordonna immédiatement de le flanquer à la porte pour tenue incorrecte puis il appela l'inspecteur-chef Griffiths.

– Je suis là, Votre Honneur.

– Je le vois bien que vous êtes là, Griffiths ! Est-ce que, par hasard, vous aussi vous vous permettriez d'insinuer que...

– Je n'insinue rien du tout, Votre Honneur.

– C'est préférable pour vous, Griffiths ! Alors, dites-moi ce que vous savez sur ce meurtre et qu'on en finisse... Le scandale n'a que trop duré !

L'inspecteur-chef présenta l'affaire avec le maximum d'impartialité, soulignant que si les apparences s'affirmaient contre Ianto Morgan, rien ne permettait encore de conclure à sa culpabilité. Le juge interpella Ianto :

– Quelque chose à ajouter ?

– Je n'ai pas tué Mr Hughes.

– Naturellement. Il y a assez de présomptions pour que j'ordonne de vous garder quarante-huit heures. Si, dans ce laps de temps, aucun fait nouveau ne se produit, nous reverrons la question.

Miss Price se dressa une fois encore et le juge ne put réprimer un frisson.

– Votre Honneur...

– Qu'est-ce que vous voulez ?

– Ne pourriez-vous libérer Mr Morgan sous caution?

– Sous caution, hein? D'accord! Deux mille livres!

– Quoi?

– Deux mille livres. Vous les avez sur vous?

– Vous me prenez pour la banque d'Angleterre?

– Non, je vous prends seulement pour quelqu'un qui va me donner une livre pour réponse déplacée au tribunal. L'audience est levée!

Tandis que la foule s'écoulait, qu'on emmenait Morgan, un policier s'approcha de tante Sioned pour la prier de se rendre auprès du juge qui attendait qu'elle versât son amende. En proie à une fureur concentrée, miss Price fonça vers le bureau du juge qui battit des paupières en la regardant s'avancer. Elle plongea une main dans son sac, en retira une coupure d'une livre qu'elle posa devant le magistrat.

– Voilà!

– Non... Reprenez votre argent.

A son tour, tante Sioned ne comprenait plus.

– Vous m'enlevez mon amende, Votre Honneur?

– Oui.

– Pourquoi?

– Parce que vous me rappelez ma jeunesse...

Du coup, tante Sioned minauda :

– Vraiment?

Et Ofydd ajouta, férocement :

– Lorsque je chassais l'éléphant au Kenya!

L'inspecteur-chef Griffiths avait fait entrer Buddug dans son bureau pour qu'elle puisse échanger quelques mots avec son père qu'on était allé chercher. Le sergent Pantrych se trouvait là également, morose. Son supérieur l'apostropha :

– Vous ne paraissez pas dans votre assiette, Andreas? Mauvaise nuit?

– Très mauvaise.

– Le foie?

– Non, le cœur, chef... Miss Domkey m'a laissé tomber!

– Et alors?

– Mais je l'aime, chef!

Buddug pointa son nez dans la discussion :

– C'est une blonde?

Andreas contempla de haut la petite fille et, d'un ton pénétré :

– La plus ravissante blonde qu'on puisse imaginer!

– Dans ce cas, vous auriez bien tort de la regretter! Les blondes, ça n'amène que des ennuis, sauf lorsqu'elles sont comme mummy.

Griffiths leva un doigt sentencieux :

– Souvenez-vous, Andreas : la vérité sort de la bouche des enfants!

Furieux, le sergent sortit sans répondre et croisa sur le seuil Morgan qui entrait.

– Buddug!

– Daddy!

Le père et la fillette s'étreignirent. Lorsque Morgan eut reçu de sa petite l'assurance qu'elle n'était en rien malheureuse et qu'elle habitait chez tante Sioned en compagnie de Caradog, Buddug se mit à lui poser des questions. Feignant de ne pas écouter, Griffiths, assis à son bureau, la tête dans ses mains, ne perdait pas un mot du dialogue.

– Et maintenant, daddy, répondez-moi franchement : avez-vous tué ce banquier ou non?

Morgan, ulcéré, répliqua avec tristesse :

– Buddug, comment est-il possible que vous puissiez me croire capable d'un acte aussi peu correct? Ne me connaissez-vous pas depuis que nous vivons ensemble? Voyons, Buddug, rappelez-vous? Je ne suis même pas fichu de tordre le cou à un poulet?

– Normalement, oui, daddy, mais quand il y a une blonde qui vous regarde?

Ianto essaya de prendre un air des plus sévères :

– Qu'entendez-vous par là, Buddug, je vous prie?

– Souvenez-vous du jour où la cousine Marjorie Houston, de Manchester, est venue nous rendre visite. Vous avez été absolument bouleversé par ses cheveux tellement blonds qu'on les aurait crus blancs?

– Je ne vois pas ce qui vous permet de prétendre que j'étais bouleversé!

– Si vous aviez eu tout votre sang-froid, daddy, vous n'auriez jamais eu l'idée saugrenue de tuer vous-même le lapin que Mrs Jenkins devait mettre au four... et, par la même occasion, vous nous auriez évité le spectacle d'une écœurante boucherie.

Au rappel de cet exploit peu glorieux, Morgan baissa le nez, mais protesta avec la plus évidente mauvaise foi :

– Je ne saisis pas très bien, Buddug, la relation de cette maladresse avec la visite de Marjorie Houston?

– Daddy, miss Evans nous répète toujours que c'est très laid de mentir.

Ianto essaya de regimber :

– Insinueriez-vous, par hasard, Buddug, que votre père ment?

– Sans aucun doute, daddy, car vous savez très bien que, devant une blonde, vous ne vous connaissez plus et vous tenez à accomplir des exploits sans réfléchir aux conséquences. Vous avez assassiné un malheureux lapin pour vous faire admirer de Marjorie, êtes-vous certain de n'avoir pas tué son mari pour épater Mrs Hughes?

L'inspecteur-chef Griffiths s'arrêta de respirer

pour mieux attraper la réponse de l'accusé, mais Morgan le fit attendre, étant trop abasourdi pour répliquer immédiatement. Quand il le fit, ce fut avec des larmes dans la voix :

– Ainsi, Buddug, vous méprisez suffisamment votre père pour le juger susceptible d'assassiner son prochain, histoire de se payer du bon temps?

– Daddy, vous êtes mon daddy, et vous pouvez tuer tous les gens qui vous déplairont, ça ne m'empêchera pas de vous aimer et de vous tenir pour le plus merveilleux daddy du monde; seulement, ne comptez pas sur moi pour vous approuver. Vous comprenez, daddy, moi, j'y vois clair et les blondes ne m'impressionnent pas du tout!

– Buddug, me respectez-vous encore assez pour vous convaincre que je dis la vérité si je vous en donne ma parole?

– Oui, daddy.

– Alors, Buddug, sur la tête de votre mère, je vous jure que je n'ai jamais tué personne. Il se peut, à la réflexion, et comme vous le prétendez, que les blondes me troublent parfois, mais d'ici à me transformer en meurtrier...!

– Je suis contente, daddy, mais je serais encore plus heureuse si vous acceptiez de tenter un effort pour admettre qu'il y a des brunes qui valent toutes les blondes du Royaume-Uni. Mrs Price, par exemple...

– J'ai beaucoup d'estime pour Meredid Price, Buddug, et beaucoup de reconnaissance aussi...

– Caradog et moi, nous souhaiterions que vous l'épousiez.

– Epouser Meredid? Mais, Buddug, j'avoue que... Enfin, je ne pense pas... Ecoutez, pour se marier, il faut s'aimer, n'est-ce pas?

– Ne l'aimez-vous pas?

– Eh bien! C'est-à-dire que... Que je ne me suis jamais posé la question...

– Alors, dépêchez-vous de vous la poser, car elle vous aime, elle.

– Vous croyez vraiment?

– Elle me l'a confié. Désirez-vous que je lui demande sa main pour vous?

– Laissez-moi d'abord sortir de prison. Tout ce que vous m'apprenez me désoriente un peu... et je ne suis pas certain que ce genre de conversation soit très indiqué entre un père et sa fille...

– Ne vous souciez pas de ça, daddy! Ne vous faites pas de mauvais sang... Tante Sioned, Caradog et moi, nous vous sortirons de là!

Griffiths quitta son bureau pour s'approcher du couple.

– Maintenant, il faut vous retirer, miss Morgan, et rejoindre vos amis... Me permettez-vous de vous dire que vous êtes une petite fille formidable?

– Je vous le permets, monsieur l'inspecteur... Au revoir, daddy. A bientôt!

Quand Buddug eut quitté la pièce, Griffiths confia au prisonnier :

– Je n'ai pas eu d'enfant, Mr Morgan, et je reconnais que je n'en souffrais pas; mais depuis que je connais votre petite, je me demande si je ne suis pas passé à côté du vrai bonheur...

Flatté, Ianto, estima de son devoir de préciser :

– C'est que des enfants comme Buddug, il n'y en a pas beaucoup, monsieur l'inspecteur!

– C'est, en effet, ce qui me console...

Mr Rhisiart Selyf, gérant du magasin de chaussures *Le Pied ailé*, dans St. Mary Street, annonça d'un air rogue à miss Domkey qu'on la demandait au téléphone. Il en profita pour lui rappeler que les communications privées étaient interdites et qu'elle voulût bien en avertir son correspondant.

En reconnaissant la voix du sergent Pantrych, le premier mouvement de Mabli fut de raccrocher, mais elle se remémora les huit cent cinquante-cinq livres de traitement annuel d'un inspecteur et accepta d'entendre Andreas lui confier son chagrin, lui raconter la nuit épouvantable qu'il avait passée, torturé de jalousie. Miss Domkey éprouvait un secret contentement à apprendre qu'on ne saurait vivre sans elle et que ses charmes étaient si puissants qu'un policier du CID avouait ne pouvoir respirer loin d'eux. Même si l'on ne croit pas complètement ce qu'on vous raconte, cela fait tout de même plaisir. Elle se força, cependant, pour ne pas avoir l'air de se rendre trop vite, à ne répondre que par des monosyllabes dubitatives et s'enchantait de deviner, à l'autre bout du fil, le sergent inquiet. Le jeu ne pouvant continuer longtemps, du fait surtout de Mr Selyf qui la surveillait de loin d'un œil nettement réprobateur, Mabli convint qu'Andreas ne lui était pas complètement indifférent et qu'elle prouverait sa grandeur d'âme en gagnant le bureau du CID après la fermeture du magasin, vers 17 h 30, à seule fin de lui permettre de montrer son repentir en lui offrant une soirée mémorable. Andreas jura que même un ordre exprès de la reine ne l'empêcherait pas de se consacrer tout entier à miss Domkey à partir de 17 h 30, dût-il finir ses jours à la Tour de Londres pour une aussi haute désobéissance. Flattée, Mabli daigna rire et, ainsi, le sergent sut que les choses entre eux étaient revenues comme avant. Il estima le moment venu de se montrer romantique :

– Darling, vous me rendez le plus heureux des hommes!

– J'espère que vous le serez plus encore ce soir quand nous nous séparerons, darling!

Pantrych n'osait comprendre la promesse incluse dans cette prédiction. Son expérience de don Juan l'inclinait à admettre qu'il avait une fois de plus vaincu, mais il s'étonnait un peu que la jeune fille reconnût d'avance sa défaite. Il tint à le lui faire préciser :

– Et pourquoi donc, darling?

– Parce que vous m'aurez demandé ma main, darling, et que je vous l'aurai sans doute accordée... A ce soir!

Le sergent demeura comme foudroyé, le récepteur à la main.

Les choses se passaient moins bien à Glynne Street où Mererid ne cachait point son chagrin de savoir Morgan encore en prison. On s'étonnait bien un peu de ce désespoir qui cadrait mal avec la retenue habituelle de la jeune femme. Tante Sioned en était presque scandalisée. Elle ne put se tenir de le montrer :

– Vous me surprenez, Meredid... Mr Morgan n'est pas encore en danger d'être pendu, que je sache! Par son inconséquence, il s'est collé dans une situation impossible et si, comme j'en suis convaincue, il se tire de ce mauvais pas – d'ailleurs, nous sommes là pour lui donner un coup de main – j'espère que ce lui sera une leçon salutaire! A mon avis, il n'y a aucune raison de vous mettre dans des états pareils!

Pressée de questions, Meredid finit par avouer qu'elle redoutait de rentrer à Brecon où on lui montrait grise mine. Elle avait tant espéré revenir en compagnie de Ianto Morgan dont l'innocence reconnue aurait imposé silence aux mauvaises langues en train de dresser le pays contre lui. Sollicitée de fournir des précisions, Mrs Price révéla que le plus acharné était sans aucun doute Meurig Prugh, le crémier de Crown Street, suivi de près par miss Rhonwen Rhys, la directrice de la bibliothèque paroissiale. Meredid ajouta qu'elle avait le regret de préciser que le constable Jenkins ne se montrait pas l'ami qu'on était en droit de supposer.

Loin de rappeler à l'ordre les calomniateurs, par sa neutralité bienveillante, il paraissait les approuver.

Tante Sioned se leva lentement, monstrueuse, forte comme la justice, irrésistible comme la colère de l'innocence outragée, effrayante comme la vengeance. Son calme avait quelque chose qui pétrifiait ceux qui la regardaient et leur laissait deviner qu'on était au moment des grandes décisions.

– Meredid, à quelle heure le prochain car pour Brecon ?

– Dans une demi-heure, à 10 heures.

– Je le prendrai avec vous.

– Mais...

– Pas un mot ! Je reviendrai par le car de 14 heures; je n'ai pas besoin de plus de deux heures pour remettre Brecon dans le droit chemin !

Elle affirma sa certitude sur un tel ton qu'ils la crurent et que nul ne se permit la moindre objection.

Heureuse de jouer à la maîtresse de maison, Buddug prépara le déjeuner pour Caradog et elle-même, tout en mettant de l'ordre dans l'appartement de tante Sioned. Elle tenait, avec quelques années d'avance, le rôle qui serait le sien lorsqu'elle deviendrait la jeune Mrs Price. Un instant, elle se demanda comment, dans leurs conversations, les gens de Brecon la distingueraient de la mère de Caradog. Mais elle se rassura vite en se disant qu'à ce moment-là, Meredid s'appellerait sans doute Mrs Morgan, Ianto devant finir par se guérir de son complexe des blondes.

Les deux enfants s'amusèrent beaucoup et si le bacon ressemblait à des lamelles de cuir, si les œufs s'auréolaient d'une frange brûlée et si le porridge aurait pu servir de colle, les conditions exceptionnelles dans lesquelles ils les mangeaient poussaient

Caradog et Buddug à tout trouver excellent. La vaisselle suscita une discussion passionnée, chacun prônant la méthode particulière de celle qu'il avait l'habitude de contempler quotidiennement dans cette tâche : Meredid pour le garçon, Mrs Jenkins pour la fillette. A 13 heures, leurs travaux terminés, ils s'installèrent devant la télévision, estimant avoir bien mérité une récréation.

Le premier soin de tante Sioned en débarquant à Brecon fut de prier Meredid de la conduire chez les Jenkins. La grosse demoiselle estimait que tant que le constable ne serait pas gagné à la cause de Ianto Morgan, l'opposition serait difficile à réduire.

Mrs Jenkins s'affirmait une gaillarde que rien n'avait jamais fait reculer. Pourtant, lorsqu'elle se trouva en présence de miss Price dont la fantastique silhouette s'encadrait sur son seuil, elle marqua un mouvement d'hésitation et fut sur le point de refermer la porte pour se donner le temps de retrouver ses esprits, mais la vue de Meredid la rassura. Celle-ci entra la première.

– Mrs Jenkins, voici ma belle-sœur, Sioned Price, qui héberge Buddug et Caradog, à Cardiff.

La femme de ménage des Morgan, entraînée par l'habitude, s'enquit de la santé du phénomène qu'on lui présentait, bien qu'il lui parût grotesque de laisser entendre à travers les formules de politesse qu'on pouvait mettre en doute la robustesse de ce colosse femelle.

– Comment allez-vous, miss Price?

– Bien, Mrs Jenkins, mais j'irais mieux encore si les habitants de Brecon se conduisaient de telle façon qu'ils ne m'obligeassent point, à mon âge et avec mon poids, à endurer des heures d'autocar pour leur rappeler les vertus de la charité chrétienne... et si ceux qui sont chargés d'empêcher la calomnie de se répandre demeuraient conscients des devoirs de leur charge !

Submergée par ce discours inattendu, Mrs Jenkins en oublia d'avaler le morceau de biscuit qu'elle mâchonnait et manqua s'étrangler en voulant parler avec la bouche encombrée. La visiteuse, à seule fin de lui venir en aide, lui administra une telle claque dans le dos (Mrs Jenkins s'étant tournée pour ne pas montrer son visage violacé par l'effort tenté pour respirer) qu'elle fut précipitée dans la pièce où le constable buvait son thé. L'irruption de sa femme qui, depuis bien des années, avait perdu la légèreté nécessaire à des exercices de ce genre, causa une telle impression que Jenkins renversa une partie de sa tasse sur le plastron de sa chemise. Son réflexe fut de se dresser en poussant un juron, mais miss Price, en apparaissant, le cloua de stupéfaction sur son siège, tandis que Mrs Jenkins fixait d'un œil incrédule le morceau de biscuit que, sous la poussée subite, elle avait envoyé de l'autre côté de la cuisine.

Les nouvelles présentations achevées, tante Sioned n'attendit pas qu'on l'y invitât pour s'installer en face du constable et entamer son réquisitoire. Lorsque Jenkins réalisa que cette grosse femme se permettait de critiquer son attitude, il voulut réagir, mais son épouse, en dépit de tant d'années d'une existence commune, passa à l'ennemi dès le début de l'engagement. Mrs Jenkins était dévouée à Ianto Morgan et, surtout, elle adorait Buddug. De plus, elle gardait rancune à Jenkins de l'échec de son ambassade auprès de la fillette qu'elle avait espéré garder chez elle tant que l'histoire de son père ne serait pas éclaircie. Sévère, elle annihila en quelques mots la timide contre-attaque lancée par le constable.

– Taisez-vous, Gute ! A votre place, je ne serais pas fier de voir une étrangère venir, gratuitement, effectuer un travail qui vous incombe et pour lequel vous êtes payé!

– Mais Gwaldus, vous savez comme moi ce que les journaux...

– Et au nom de quoi, Mr Jenkins, croiriez-vous les journalistes de Cardiff attaquant un homme que vous connaissez depuis toujours et qu'ils n'ont, eux, rencontré que depuis quarante-huit heures? Vous avez une étrange mentalité, Gute, si vous voulez mon avis!

Ravie de cette aide précieuse, tante Sioned, reprenant haleine, laissait à son alliée le soin de poursuivre le combat, se tenant prête à intervenir en cas de faiblesse. Cette heure sonna lorsque Jenkins argua de sa position officielle pour ne pas prendre le contrepied des théories du CID. Miss Price se lança alors dans une description enthousiaste de Buddug, de son attitude, de son courage. Elle conta comment la petite était parvenue à se faire entendre de l'inspecteur-chef Griffiths et la façon dont elle avait traité le juge Harris. Hypocritement, elle ajouta que le temps durait à la fillette de regagner Brecon pour retrouver Mrs Jenkins qu'elle considérait un peu comme sa seconde mère, mais elle ne pouvait abandonner son père. La femme du constable s'essuya les yeux, priant l'assistance de l'excuser de son émotion. Tante Sioned l'embrassa avant d'ajouter :

– Vous autres qui aimez les Morgan, n'estimez-vous pas honteux d'entendre une Rhonwen Rhys se répandre en choses horribles sur leur compte? Et comment acceptez-vous qu'un Meurig Pugh calomnie un homme déjà si meurtri dans sa vie privée? J'ai le regret de constater, Mr Jenkins, que je me représentais autrement le rôle d'un constable dans une petite ville où chacun a recours à ses avis et n'oserait agir sans son consentement!

Enthousiasmée par ce discours, Mrs Jenkins s'écria :

– Vous avez raison, miss Price! J'ai honte pour vous, Gute! Complice, voilà ce que vous êtes! Complice de ceux qui s'en prennent lâchement au veuf et à l'orpheline! Vous vous déshonorez sur vos vieux jours, Mr Jenkins, et le Seigneur ne l'oubliera pas! Moi non plus, d'ailleurs!

Affreusement ennuyé, Jenkins essaya d'une timide protestation :

– Gwaldus, je pense que vous exagérez...

– J'exagère? C'est bien! Puisque vous le prenez sur ce ton, puisque vous êtes un fonctionnaire indigne, je vous remplacerai! En compagnie de miss Price, j'irai dire deux mots à miss Rhys et à Mr Prugh! Et fasse le ciel qu'ils ne regimbent pas, sans quoi il y aura du dégât! Nous verrons alors, constable Jenkins, si vous oserez arrêter votre femme!

Tels les trois mousquetaires – où miss Price eût tenu le rôle de Porthos, Mrs Jenkins celui d'Athos et Meredid assumant le personnage d'Aramis –, les trois femmes gagnèrent la bibliothèque paroissiale où, à l'heure du lunch, avec la permission du Révérend Laughlin, miss Rhonwen Rhys buvait son thé et mangeait ses sandwiches en compagnie de quelques vieilles filles et de deux ou trois veuves, les unes et les autres connues pour l'aigreur de leur caractère et leur habitude – sous prétexte de charité chrétienne et de la nécessité de veiller à la santé morale de Brecon – de critiquer âprement la conduite de chacun.

Ces dames commentaient justement les dernières nouvelles de Cardiff concernant les graves soupçons pesant sur Ianto Morgan. Miss Rhonwen Rhys soulignait que les hommes, apparemment les plus dignes de confiance, sont souvent des pécheurs endurcis, lorsque les trois amies entrèrent. On les observa avec curiosité, la stature de tante Sioned créant son ordinaire effet de surprise. Miss Rhys les accueillit d'un sec :

– Que puis-je pour vous, mesdames? Bonjour, Mrs Jenkins... Comment allez-vous, Mrs Price?

Tout de suite, tante Sioned prit l'initiative des opérations :

– Miss Rhys, n'est-ce pas? Nous sommes venues pour solliciter des explications.

– Des explications?

– Sur ce que vous osez raconter au sujet de Mr Morgan.

Atteinte par ce coup imprévu, la directrice jeta un coup d'œil sur ses commensales et crut comprendre qu'elles la soutenaient. Elle puisa dans cette constatation le courage de répliquer :

– Et... en quoi cela vous concerne-t-il, miss...?

– Miss Price. Je suis la sœur de feu Emerys Price et une amie fidèle de Mr Morgan. Je ne tiens pas à envenimer les choses et c'est pourquoi j'ai tenu à entendre vos explications avant de déposer contre vous, au nom de Mr Morgan, une plainte en diffamation.

Les vieilles filles et les veuves donnèrent immédiatement l'impression que leur velléité combative s'effritait sous la menace d'une action en justice. Miss Rhys perçut le changement.

– Je trouve vos manières curieuses, miss Price, si vous me permettez de vous le dire!

– Je vous le permets d'autant plus, miss Rhys, que je tiens les vôtres pour dégoûtantes!

– Vous êtes une impudente!

– Vraiment?

Tante Sioned n'aimait pas à perdre son temps en discussions stériles. Prise par la taille, miss Rhys s'éleva dans l'air et son cri étranglé fit songer à l'appel d'une sirène signalant un sinistre. Elle se retrouva, assise, sur l'escabeau de la bibliothèque, dominant la situation, mais dans une position si ridicule que même ses amies ne purent s'empêcher de rire. Pour l'empêcher de descendre, tante Sioned lui plaqua son énorme main sur sa poitrine plate.

– Ecoutez-moi bien, miss Rhys : ou vous cessez de vous répandre en propos abominables sur Ianto Morgan, ce qui sied mal à quelqu'un en qui le Révérend Laughlin a suffisamment confiance pour lui faire assumer la direction de la bibliothèque, ou je reviens vous administrer une fessée devant tout Brecon!

Affolée, humiliée, miss Rhys appela Mrs Jenkins au secours, mais celle-ci secoua la tête :

– Non, miss Rhys... Vos manières, les méchancetés que vous répétez un peu partout font du mal à une enfant que j'aime comme ma propre fille, la petite Buddug. Et je vous dis, miss Rhys, qu'il faut avoir l'âme bien basse pour s'en prendre à une enfant qui a déjà eu le malheur de perdre sa mère! Toutes celles qui m'écoutent n'avaient sûrement pas songé à cela car, connaissant leur cœur et leur dévouement, je suis sûre qu'elles n'auraient pas toléré une pareille attitude de votre part. D'ailleurs je me réserve d'en parler au Révérend Laughlin. Vous avez abusé de la confiance de ces âmes trop pures, miss Rhys, et, parmi elles, il y en a sans aucun doute de plus dignes que vous d'occuper un poste où l'on a la charge de diriger les lectures de bonnes chrétiennes.

La situation de miss Rhys suscitait, en effet, bien des jalousies et Mrs Jenkins, avec une habileté qui enthousiasma miss Price et impressionna Meredid, dissociait le camp ennemi. La veuve Horne, la première, lâcha le parti de Rhonwen Rhys.

– Il est évident qu'une femme qui a vécu serait plus à même de faire profiter les autres de son expérience...

Miss Paggeboth, qui ne s'était jamais consolée de n'avoir pas été nommée au poste occupé par miss Rhys, bien qu'elle fût fille de pasteur, renchérit :

– Pour moi, j'ai toujours été péniblement affectée par les propos de miss Rhys au sujet de Mr Morgan dont, au fond, nul ne sait encore s'il est coupable ou non. Au contraire, tout ce que nous connaissons de lui et de sa charmante fillette nous incite à croire à son innocence!

La veuve Hornet, ne tenant pas à laisser l'avantage à une rivale hypothétique, estima de bonne politique de prendre part plus sérieusement à la curée :

– Il est bien certain que miss Rhys a dû nous présenter les choses sous un jour dont l'astuce nous a surprises. Je suis convaincue qu'aucune de nous, si elle avait vraiment pris conscience de ce qu'elle entendait contre un homme que tout Brecon respecte, ne l'aurait écoutée!

Quand miss Price donna le signal de la retraite, elle fut suivie non seulement par Mrs Jenkins et Meredid, mais encore par Mrs Hornet, miss Paggeboth et leurs amies. Avant de sortir, tante Sioned, satisfaite, jeta un coup d'œil sur la salle quasiment déserte où les reliefs d'un repas à peine entamé disaient assez sa victoire. Le spectacle de miss Rhys pleurant sur son escabeau l'effondrement d'une réputation jusqu'ici sans tache, évoquait Cassandre sanglotant sur les ruines de Troie avant qu'Agamemnon ne l'emmène, captive.

Les femmes avaient depuis longtemps quitté sa demeure lorsque le constable Gute Jenkins reprit complètement son sang-froid. Dans son cœur, la colère d'avoir eu son domicile violé le disputait à la douleur de la trahison de sa femme et une pointe de remords pimentait le tout. Seul en face de lui-même, Jenkins devait s'avouer qu'il ne s'était pas conduit en ami, à l'égard de Morgan. Poussé sur la voie du repentir par sa propre conscience, le constable en arrivait à se demander s'il n'avait pas agi de cette odieuse façon uniquement parce que la jeune Buddug l'avait flanqué à la porte de sa maison ? Un officier de la Couronne se vengeant sur une fillette... La honte lui mit des larmes aux yeux et il fut sur le moment d'arracher la Military Cross gagnée à Dunkerque et qu'il portait fièrement depuis quinze ans. Il ne s'en jugeait plus digne. Il lui fallait se rattraper pour mériter de nouveau la tendresse de Gwaldus, la confiance de Buddug, l'amitié de Morgan – au cas où son innocence serait reconnue officiellement – et sa propre estime. Tout en enfilant sa tunique, il pensa que les trois femmes s'étaient peut-être déjà livrées à des manifestations susceptibles de le placer, en sa qualité de constable, dans le plus cruel embarras. Il se hâta vers la boutique de Meurig Pugh avec l'espoir de ne pas arriver trop tard.

Jenkins respira en n'apercevant aucun attroupement sur le trottoir où s'élevait la façade du magasin de Meurig Pugh. Ce dernier, interrogé, déclara n'avoir point encore aperçu Mrs Jenkins et pria le constable de la saluer de sa part. Gute pensa que Pugh ne se doutait certainement pas de l'ironie cachée de ce souhait innocent. Ayant pris hâtivement congé du crémier, Jenkins se précipita vers la bibliothèque paroissiale. Un méchant hasard voulut qu'il prit une rue parallèle à celle empruntée par les femmes victorieuses, si bien que celles-ci et le constable se croisèrent, séparés par un pâté de maisons.

Dès qu'il eut posé le pied dans le hall de la bibliothèque, Jenkins perçut subtilement que des événements graves s'y étaient déroulés. Il frémit et, tendant l'oreille, ne saisit aucun bruit sinon l'écho d'un robinet qui fuyait. En vérité, il s'agissait de

Rhonwen Rhys qui pleurait sur son perchoir. Ses dernières amies, dégoûtées par la vue de sa défaite acceptée l'avaient quittée. Seule parmi les livres, elle ressemblait à un vieil oiseau oublié par ses maîtres. Jenkins s'approcha doucement de la demoiselle.

– Eh bien! miss Rhys, que se passe-t-il?

Elle lui tendit les bras dans un geste pathétique. Le policier hésita, puis il comprit qu'elle désirait simplement qu'il la remît au sol. Là, elle lui conta par le menu l'agression dont elle avait été victime et n'oublia pas, malignement, de souligner la complicité de Mrs Jenkins dont la seule présence renforçait la gravité des événements. Feignant de compatir à la peine de miss Rhys, le constable obtint tous les détails et alors que miss Rhys s'attendait à des excuses ou, pour le moins, à des consolations, Jenkins déclara :

– C'est que, voyez-vous, miss, je me suis laissé dire par bien des gens – lesquels, le cas échéant, témoigneraient sûrement en justice – que vous aviez tenu, un peu partout, des propos très graves sur le compte de Mr Ianto Morgan...

– Un meurtrier?

– Aïe! Ah! pauvre miss Rhys! Vous avez oublié que je suis assermenté! C'est terrible... parce qu'en dépit de l'estime et de l'amitié que je vous porte... si Mr Morgan vous attaque en diffamation, je ne pourrais pas faire autrement que de répéter ce que vous avez dit en ma présence... et, pour ne rien vous cacher, miss Rhys, aux dernières nouvelles, il semblerait bien que Mr Morgan ait été victime d'une cabale ou d'un traquenard, si vous préférez... Vous imaginez son retour? Lorsqu'il apprendra ce que vous avez osé insinuer quant à son honneur... Ah! miss Rhys, je ne souhaiterais pas être à votre place... J'ai bien peur que vous ne soyez dans l'obligation de vendre votre maison pour payer les frais énormes de ce procès...

Quand Jenkins la quitta, miss Rhys hésitait entre le suicide, l'exil précipité ou un voyage à Cardiff pour se jeter aux pieds d'Ianto Morgan afin de solliciter son pardon.

Fier de lui, le constable, certain d'avoir réglé au mieux l'incident, se dirigea vers la boutique de Pugh au cas où sa femme et ses alliées s'y seraient rendues.

Effectivement, elles étaient passées par là...

De loin, le constable aperçut des gens qui conversaient tout en faisant de grands gestes et, du même coup d'œil, il constata que le volet de fer de la crémerie était baissé. Le côté insolite de la chose – à pareille heure – lui fit craindre le pire. Il hâta son allure. Quand son pas résonna sur le trottoir, tous les regards le fixèrent. Il redressa le torse et d'un ton qu'il s'efforçait de rendre solennellement indifférent :

– Quelque chose qui ne va pas, ici?

Ils répondirent tous à la fois et, dans la marée des mots le submergeant, Jenkins crut entendre que Meurig Pugh avait été assailli, qu'il était peut-être mort et son magasin mis à sac. Quelqu'un remarqua que Mrs Jenkins pourrait donner bien plus de détails puisqu'elle se tenait à côté de cette fantastique bonne femme ressemblant à un buffle furieux. Jenkins, n'ayant plus un poil de sec, dut s'imposer un effort sévère pour ne point trahir son désarroi. Il frappa à la porte, attendit, refrappa. Enfin, une voix dans laquelle le policier reconnut celle de Mrs Pugh cria :

– C'est fermé!

– Ouvrez, Mrs Pugh... Au nom de la loi! C'est Jenkins!

Le constable fut obligé de se mettre presque à plat ventre pour se glisser sous le volet chichement relevé. L'effort le congestionna et Mrs Pugh profita du temps qu'il mettait à retrouver une respiration normale pour vider son sac :

– Une honte, Mr Jenkins! Une abomination! A quoi cela sert-il de payer des impôts si nous ne sommes pas protégés?

Le constable ne prisait guère ce genre d'allusions à l'inutilité hypothétique de sa fonction. Il répliqua sèchement :

– La prochaine fois que vous irez à Londres, Mrs Pugh, vous le demanderez au Chancelier de l'Echiquier... Je désire voir Mr Pugh, s'il vous plaît.

Mr Meurig Pugh gisait dans son lit, l'œil fixe, les joues rouges. Le policier s'approcha :

– Alors, Mr Pugh?

Le marchand eut un gémissement et, se redressant, il saisit convulsivement les mains du constable :

– Cette femme, Jenkins! Cette femme!... Je me suis cru emporté dans une tornade... dans un typhon!

– Calmez-vous et racontez-moi.

– J'étais bien tranquille, derrière mon comptoir, en train de remplir des petits pots de crème que je puisais dans ma grosse jatte en faïence de Manchester... Une crème qui n'a pas sa pareille, même à Cardiff... Soudain, je vois quelque chose de grandiose... Oui, Mr Jenkins, de grandiose! D'abord, j'ai pensé à une éclipse de soleil... J'ai levé les yeux et... je l'ai vue... Fantastique! Incroyable! Une montagne, Mr Jenkins! D'émotion, j'ai lâché ma cuillère dans la crème... Elle m'a dit :

« – Vous êtes bien Mr Pugh?

» Son sourire m'a trompé et aussi la présence de Mrs Jenkins et de Mrs Price.

» – Oui, je lui ai répondu. Que puis-je pour vous?

» – C'est bien vous qui racontez des abominations sur le compte de Ianto Morgan?

» Son ton ne me plaisait pas, Mr Jenkins...

» – Cet assassin? je lui rétorque aussi sec. Je le méprise, madame! Je ne fraye pas avec les gens de cet acabit!

» Et j'ajoute :

» – Tout Brecon a honte de cet homme!

» Alors, Mr Jenkins, sans cesser de sourire, elle a murmuré :

» – De la part de Ianto Morgan, Mr Pugh, pour vous rafraîchir les idées!

» Et, sans le moindre effort, elle a soulevé ma jatte qui pesait bien dans les trente livres et... et elle m'en a coiffé! Je suis tombé assommé et si Mrs Pugh n'était pas arrivée, je serais sans doute mort, noyé dans la crème! Mais ça ne se passera pas comme ça! Je saurai qui elle est et je vais lui intenter un fameux procès! Votre femme sera mon témoin, Mr Jenkins!

– Elle sera votre témoin, Mr Pugh, car Mrs Jenkins connaît son devoir!

Un large sourire éclaira le visage épais du marchand.

– Je me sens mieux, Mr Jenkins... A votre avis, qu'est-ce que je puis espérer toucher? Vingt-cinq livres?... Cinquante?... Croyez-vous que je pourrais aller jusqu'à... cent?

– Et pourquoi pas, Mr Pugh? De toute façon, vous aurez bien besoin de cette somme... et plus encore...

– Que voulez-vous insinuer, Mr Jenkins?

– Simplement que ces cent livres vous aideront à régler la très forte indemnité qu'il vous faudra verser.

– Quelle indemnité? Et à qui?

Mr Jenkins contempla Mr Pugh avec surprise.

– Mais pour régler les dommages et intérêts

auxquels vous serez condamné, Mr Pugh, envers Mr Morgan. Vous savez bien qu'en Grande-Bretagne, la diffamation est jugée très sévèrement...

– Un assassin! Je paierai une indemnité à un assassin?

– Mr Pugh, n'est-il pas écrit : *Tu ne jugeras pas si tu ne veux pas être jugé?* Imaginez-vous qu'aux dernières nouvelles, l'innocence de Mr Morgan ne fait plus beaucoup de doute... Il semble qu'il ait été victime de circonstances indépendantes de sa volonté...

– Dans ce cas-là, je retire ce que j'ai dit... Nul plus que moi ne serait heureux de voir revenir Mr Morgan, la tête haute, à Brecon.

– J'en suis persuadé, Mr Pugh... Malheureusement, ce qui a été dit... l'a été. Mrs Jenkins sera contrainte de porter témoignage... Mrs Jenkins est une femme de devoir, j'ai déjà eu l'honneur de vous en assurer... Et moi-même, Mr Pugh, comment, sans trahir mon uniforme pourrais-je oublier que vous venez de traiter Mr Morgan d'assassin... et à plusieurs reprises?

Le marchand de beurre, œufs et fromages n'éprouvait plus du tout l'envie de sourire. Il ne se rendait pas exactement compte si son interlocuteur se payait sa tête, mais il était sûr de se trouver dans un fâcheux pétrin.

– Mr Jenkins... si je renonçais à porter plainte pour l'agression dont j'ai été victime... pensez-vous que Mrs Jenkins oublierait ce qu'elle a entendu?

– C'est possible, Mr Pugh, c'est possible. Mrs Jenkins n'appréciant rien tant que la concorde et la bonne entente.

– Et... vous-même?

– Je n'ai pas pour habitude de m'opposer aux désirs de Mrs Jenkins.

Le programme de la télévision ne pouvait, si intéressant qu'il fût, détourner Buddug et Caradog de ce qu'ils considéraient comme leur mission. Tout au début de l'après-midi, ils reprirent le chemin de Fairwater dans un but précis. Ils venaient rôder autour de la villa des Hughes dans l'espoir de découvrir quelque chose qui les mettrait sur la piste du meurtrier.

Ayant fait le tour de la propriété, ils s'aperçurent qu'il existait une petite porte donnant sur Perrots Street et, tout de suite, devant cette porte, ils notèrent la présence d'une voiture dont Caradog, appliqué à son devoir d'enquêteur, s'empressa de relever le numéro. Les enfants s'apprêtaient à se retirer lorsque l'écho d'une conversation des plus vives les figea sur place. Derrière la porte, on échangeait des propos qui, s'ils n'étaient pas intelligibles, trahissaient par leur ton une irritation mal contenue de part et d'autre. Les gosses coururent se réfugier sous l'entrée d'un garage. A peine s'y trouvaient-ils que la porte surveillée s'ouvrit sur Catrin Hughes accompagnée d'un homme qui, bien que blond, parut très sympathique à Buddug. Il semblait malheureux. Brusquement, il prit sa compagne aux épaules et lui parla de très près, de si près que Caradog s'imagina qu'il allait la mordre. Mrs Hughes raccompagna son visiteur jusqu'à sa voiture. Au moment où ce dernier allait grimper dans l'auto, il se retourna et étreignit la jeune femme en l'embrassant sur les lèvres. Lorsque Catrin put se dégager, elle rentra en courant chez elle. L'homme cria.

– Catrin?...

Mais la porte se referma. Après une hésitation, l'inconnu s'installa au volant et démarra brutalement. Buddug et Caradog attendirent que la voiture ait disparu pour sortir de leur cachette.

Le bruit des rapides et totales victoires de tante Sioned avait rapidement fait le tour de Brecon et lorsque la grosse demoiselle, toujours accompagnée de Meredid et de Mrs Jenkins, parvint sur la place où stationnait le car de Cardiff, ils étaient nombreux à guetter son départ. Miss Price goûta là un des meilleurs moments d'une existence jusqu'ici sans éclat. Pour la hisser dans le véhicule, le conducteur et le receveur durent donner un coup de main aux deux amies de tante Sioned dont la bonne volonté dépassait les forces. Ayant repris son souffle, miss Price se tourna vers ses deux fidèles et, d'unc voix forte qui porta loin, elle décréta :

– J'espère avoir remis de l'ordre dans Brecon, mais si, par hasard, les calomniateurs se manifestaient à nouveau, prévenez-moi, je reviendrai aussitôt.

En bons Gallois, toujours fervents des exploits sportifs, les curieux acclamèrent la géante qui s'apprêtait à leur adresser un discours bien senti lorsque, en démarrant, le chauffeur lui coupa tout à la fois l'inspiration et la faculté de s'exprimer.

Se tenant par la main, Buddug et Caradog se présentèrent devant Fychan Mortimer. Le planton les accueillit aimablement, trouvant les gosses assez sympathiques pour ne pas les rendre responsables de ce que miss Price lui avait infligé.

– Qu'est-ce que vous voulez, mes petits?

– Parler à Mr Griffiths.

– C'est qu'on ne voit pas comme ça l'inspecteur-chef, vous savez! Il faut être convoqué pour qu'il vous reçoive!

– Ce qu'on a à lui dire est très important.

– Bien sûr... On ne se doute pas du nombre de gens qui ont des choses importantes à révéler. Vous ne préféreriez pas aller au cinéma?

Buddug jugea la proposition incongrue et le remarqua sur un ton acerbe :

– Nous irons au cinéma quand daddy sera sorti de prison.

– Bon... Attendez-moi là... Je vais me renseigner.

L'inspecteur-chef Griffiths enrageait de ne pouvoir trouver une explication logique au meurtre de Gwylim Hughes. Il envisageait toutes les hypothèses et, à chaque fois, il se heurtait à des impossibilités matérielles. Il reçut la nouvelle de la présence de Buddug et de Caradog comme une promesse de distraction. De plus, la petite lui plaisait beaucoup et, pour elle, il consentit à transiger sur les consignes données.

Les gosses ne se montrèrent nullement intimidés et lorsque Griffiths déclara assez légèrement :

– Alors, il paraît que vous avez des révélations graves à me faire?

Buddug le fixa d'un œil si réprobateur qu'il éprouva une certaine gêne de son ton badin.

– Bon, bon, miss Morgan... Je vous écoute!

Aidée par Caradog, qui rectifiait ou précisait – avec cette terrible mémoire des enfants qui n'oublient aucun détail – le récit de sa camarade, Buddug conta au policier les péripéties de leur dernière visite à Fairwater. Quand ils en arrivèrent à l'épisode de la querelle entre Mrs Hughes et un inconnu, Griffiths redoubla d'attention. Imperturbable, la gamine rapporta la manière dont l'homme avait pris Catrin dans ses bras et elle conclut tranquillement :

– Et juste au moment où il allait grimper dans sa voiture, il s'est jeté sur Mrs Hughes de telle façon qu'elle aura sûrement un beau baby!

L'inspecteur-chef recevant, à l'improviste, un coup de marteau sur le crâne n'aurait pas eu l'air plus abasourdi. Mille pensées s'emmêlaient dans son esprit, cherchant en vain une explication logique à la surprenante affirmation de la fillette.

– Je crains de ne pas très bien vous comprendre, miss?

Buddug eut un petit soupir résigné. Ces grandes personnes, il faut toujours tout leur expliquer... Griffiths insistait :

– Comment pouvez-vous savoir que Mrs Catrin Hughes aura un baby?

– Parce que nous avons vu!

Le policier eut, subitement, beaucoup de mal à avaler sa salive.

– Mais qu'avez-vous vu?

– Cet homme a embrassé longuement Mrs Hughes sur la bouche. C'était même assez écœurant...

– Et alors?

Ils le contemplèrent, incrédules. Etait-il possible qu'un homme de cet âge ne fût pas au courant de ces vérités élémentaires. Très condescendant, Caradog expliqua :

– Les babies ne viennent pas dans les choux, vous savez?

L'inspecteur-chef n'aurait jamais pensé qu'il pût avoir, un jour, une pareille conversation avec de tels interlocuteurs qui, visiblement, le prenaient pour un arriéré.

– Vraiment?

– Ils viennent quand les hommes et les femmes s'embrassent sur les lèvres.

Et le gamin ajouta, après un instant de réflexion :

– A mon avis, ça serait mieux qu'on les trouve dans les choux...

Iwan Griffiths respira et convint, volontiers, qu'il partageait cette opinion.

– Cet inconnu... vous n'avez aucune idée de son identité? Vous ne l'aviez jamais vu auparavant?

– Non, mais Caradog a relevé le numéro de la voiture.

Le policier félicita vivement le jeune garçon de son initiative et téléphona tout de suite au service des recherches pour qu'on lui donne le nom et l'adresse du propriétaire de l'automobile dont il fournit le numéro. La réponse vint très vite. Griffiths nota les indications transmises puis, appelant Fychan Mortimer, il lui ordonna de lui amener le plus rapidement possible le sergent Andreas Pantrych. Ce dernier ne tarda pas à se présenter. Griffiths en marqua quelque surprise, mais le sergent expliqua qu'il attendait miss Domkey à 17 h 30 et qu'il ne tenait donc nullement à quitter les bureaux du CID.

– Je le regrette pour vous, Andreas, mais il faut absolument que vous me dénichiez et que vous me rameniez le Dr Dylan Rees, dont le cabinet est situé dans Riverside, au 224 de Craddock Street. Je crois que nous tenons peut-être une piste, mais du diable si je devine où elle peut nous mener!

– Comptez sur moi, chef; dans vingt minutes, je suis là avec le toubib!

Le sergent Pantrych s'abusait. Il arriva au cabinet du Dr Rees alors que, sa consultation terminée, celui-ci était parti faire sa tournée de visites à domicile. Pendant plus d'une heure, le malheureux policier s'acharna – usant de notes trouvées sur le bureau par l'infirmière-assistante – à rattraper un médecin qui semblait suivre un itinéraire anarchique et ne se rapprochant en rien de celui qu'il aurait dû, logiquement, prendre si l'on se référait à la liste de ses clients. Ce ne fut que vers 5 h 5 que Pantrych réussit à joindre le Dr Rees qui n'accepta de se rendre au CID que parce que ses derniers malades n'étaient pas atteints au point de ne pouvoir patienter. Toutefois, le médecin éleva une énergique protestation contre une sommation qui lui paraissait intimée de façon cavalière.

Cette protestation, le Dr Rees la réitéra en présence de l'inspecteur-chef Griffiths lorsqu'il se trouva dans le bureau de ce dernier. Andreas, qui avait pu constater que miss Domkey n'était pas encore arrivée, se désintéressait un peu de la question, uniquement préoccupé de ne pas décevoir, cette fois, sa chère Mabli. Quant à Griffiths, il écouta posément le médecin et lorsque ce dernier eut terminé, il se contenta de dire :

– Vous pensez bien, docteur, que si je me suis permis de vous déranger, c'est pour des raisons impérieuses.

– Et qui sont?

– De connaître votre emploi du temps vendredi dernier entre... disons 21 heures et 23 heures?

– Et pourquoi, je vous prie?

– Question de métier.

– Je ne comprends pas.

– Eh bien! nous allons procéder autrement. Vous connaissez les Hughes?

– Oui... Mrs Hughes est une de mes clientes.

– Elle ne vous serait pas quelque chose de plus, par hasard?

– Je ne vous permets pas de...!

L'inspecteur-chef était patient, mais jusqu'à une certaine limite. Son ton changea :

– Docteur, finissons cette comédie! Dans ce bureau, j'ai entendu trop de confessions pour que je m'arrête aux formes de la courtoisie quand il s'agit de découvrir la vérité. Je vous pose brutalement la question : êtes-vous ou non l'amant de Catrin Hughes?

– Non!

– Ah?... Ce n'est pas ce qu'on m'a rapporté.

– On vous a menti!

– Soit... Naturellement, vous êtes au courant de la mort tragique de Mr Hughes?

– Bien sûr! Mais je ne saisis toujours pas à quoi rime cet interrogatoire...

– Je vous l'ai pourtant déjà dit, docteur : à vous faire me préciser votre emploi du temps vendredi dernier, entre 21 heures et 23 heures. C'est clair, non?

– Je ne vois pas pourquoi j'en ferais mystère... Je me trouvais chez une cliente qui accouchait.

– Son nom?

– Mrs Bolden.

– Son adresse?

– 175 Brook Street, dans Riverside.

– La vérification sera faite.

– Mais je ne vous permets pas de...

La sonnerie du téléphone coupa la parole au Dr Rees. Le policier décrocha :

– Oui... Il est là... Très bien. Il va pouvoir partir immédiatement. Chez qui?... Parfaitement. Je lui fais immédiatement la commission...

Griffiths raccrocha.

– C'est votre assistante, docteur... Une cliente sur le point de mettre un baby au monde vous appelle à son secours...

Le médecin se leva :

– Dans ces conditions, je pense que vous me permettrez de me retirer?

– Le devoir avant tout, docteur! Mais vous n'êtes pas curieux de connaître le nom et l'adresse de votre cliente?

– C'est vrai! Où avais-je la tête...?

– Il s'agit de Mrs Bolden, 75, Brook Street, dans Riverside... Une obstinée. A peine a-t-elle fini qu'elle recommence!

Dans le silence qui suivit, le sergent Pantrych crut percevoir le tic-tac léger de sa montre. Au prix d'un effort qui parut lui coûter beaucoup, le médecin déclara :

– Excusez-moi, monsieur l'inspecteur... Je vous ai menti... mais il faut...

– Plus tard, docteur... Ne laissez pas attendre Mrs Bolden. Le sergent Pantrych va vous accompagner et sitôt l'opération terminée, il vous ramènera dans ce bureau où, je l'espère, vous vous déciderez à me dire la vérité.

En dépit du ton courtois, la situation apparaissait si tendue qu'Andreas n'osa pas faire remarquer à son chef que la demie de 5 heures venait de sonner, que Mabli l'attendait, sans doute, dans l'antichambre, que s'il la laissait tomber, une fois encore, c'en serait fini entre elle et lui, que ce n'était pas parce qu'il était entré dans la police de Sa Majesté qu'il devait renoncer à fonder une famille ou, sans aller si loin, à connaître le plaisir des tendresses partagées! Amer, bouillonnant d'une indignation qu'il n'osait exprimer, Andreas Pantrych devina que ses petites histoires personnelles n'intéressaient personne...

Quand Andreas sortit du bureau de Griffiths en compagnie du Dr Rees, Mabli se dressa pour s'étonner joyeusement :

– Ce n'est pas vrai, darling, que vous soyez exact à notre rendez-vous?

Piteux, le sergent répliqua :

– Eh! non... ce n'est pas vrai, Mabli chérie...

Il y a des femmes pour admettre que les hommes peuvent avoir quelquefois d'autres préoccupations que de songer à satisfaire leurs caprices et d'autres qui ne l'admettent pas. Miss Domkey se rangeait parmi celles-ci. Tout de suite, elle s'emporta :

– Qu'est-ce que vous dites?

– Je suis obligé d'accompagner ce gentleman...

– Vraiment? Eh bien! si vous préférez sa compagnie à la mienne, ça vous regarde, mais, dans ce cas, ne venez plus m'importuner avec vos déclarations hypocrites!

Dylan Rees, qui ne saisissait rien à cette querelle, pressa le policier :

– Dépêchons-nous, s'il vous plaît.

Pour gage de sa bonne foi, Pantrych prit Mabli à témoin :

– Vous entendez? Il faut même que je me dépêche!

– Dépêchez-vous donc, mon cher. De mon côté, je vais me dépêcher de retrouver Lug Williams!

– Vous ne me feriez pas ça, Mabli!

– Je me gênerais!

Enervé, le Dr Rees prit le bras du sergent :

– Mrs Bolden nous attend!

Miss Domkey sursauta :

– Oh! Et pourriez-vous me confier pourquoi cette personne vous attend, Andreas Pantrych?

– Pour accoucher, darling!

VII

Oubliant les règles du savoir-vivre et de maintien enseignées par miss Lund Evans, Buddug et Caradog, les coudes sur la table et le visage dans leurs mains, écoutaient tante Sioned leur faire le récit de son expédition à Brecon.

– Le Seigneur qui m'écoute, mes enfants, sait à quel point je suis patiente! Mais, il y a des limites au delà desquelles même une bonne chrétienne ne peut plus rester indifférente.

Elle eut un rire satisfait avant de conclure :

– Quoi qu'il arrive maintenant, je suis persuadée que ni Rhonwen Rhys ni Meurig Pugh n'oublieront mon passage!

Les gosses s'en déclarèrent convaincus. Flattée de l'admiration que lui témoignaient le gamin et la fillette, tante Sioned leur demanda :

– Et vous, à quoi vous êtes-vous occupés pendant mon absence?

Ils lui racontèrent leur expédition à Fairwater et comment ils avaient surpris les tendres épanchements de Catrin Hughes et d'un inconnu, épanchements précédés – à ce qu'il leur semblait, d'une sérieuse querelle. A son tour, miss Price prenait un intérêt des plus vifs au rapport de Buddug et de Caradog. Lorsque les enfants en eurent terminé, la grosse demoiselle s'écria :

– C'est un peu raide! Cette maudite femme ose prétendre qu'elle éprouvait une véritable inclination pour votre père, Buddug, et sitôt que ce malheureux est en prison par sa faute, elle se précipite dans les bras d'un autre! Eh bien! ça mes enfants, je ne l'admets pas! Nous devons en informer ce policier du CID!

– C'est déjà fait, tante Sioned!

– Et alors?

– Et alors... rien...

– Je m'en doutais! Cet homme est un incapable! Il est temps que je prenne la situation en main! Sitôt que nous aurons bu notre thé, nous nous rendrons à Fairwater et je vous jure que si je trouve cette Mrs Hughes, il faudra qu'elle me fournisse des explications!

Enchantés par la perspective d'une nouvelle bataille où ils ne doutaient pas que miss Price se couvrirait encore de gloire, Buddug et Caradog se précipitèrent pour préparer le thé afin d'éviter toute fatigue supplémentaire à la championne de leur cause.

Dans le salon de Mrs Bolden, Andreas Pantrych, exaspéré, regardait les aiguilles de la pendule grignoter le temps. Déjà 6 heures et demie! Sûrement, Mabli avait dû partir pour rejoindre ce Lug Williams que le sergent haïssait sans le connaître. Le policier, peu versé dans la science gynécologique, se persuadait que Mrs Bolden mettait la plus extrême mauvaise volonté à donner le jour à son baby et ce, uniquement pour embêter Andreas.

L'infirmière qui assistait le Dr Rees passa dans le salon. Elle était jolie et sa tenue immaculée la rendait plus séduisante encore. Pantrych la questionna :

– Miss... est-ce que ce sera encore long?

– Ce n'est pas de moi que cela dépend, vous savez!

– Il y a une heure que je suis là!

– Et alors?

– Je m'ennuie!

– Vous avez de la chance...

– Ah? Vous trouvez?

– Si vous étiez à la place de Mrs Bolden...

Le sergent ricana :

– Il est douteux que cela m'arrive un jour, vous ne croyez pas?

Elle le foudroya du regard :

– Et vous estimez que c'est juste?

Toujours aussi élégante, aussi attirante, Catrin Hughes écoutait Iwan Griffiths lui expliquer :

– Je dois m'excuser, Mrs Hughes, de vous avoir envoyé chercher aussi tardivement, mais je suis certain que vous me pardonnerez quand vous saurez qu'il s'agit d'élucider au plus vite la mort de votre mari.

– Avez-vous des indications nouvelles?

– Il se pourrait; mais, auparavant, j'aimerais faire le point en votre compagnie des données du problème qu'il nous incombe de résoudre. Vous voudrez bien rectifier si je me trompe. D'abord, voyons, si vous le voulez bien, les à-côtés du drame, à-côtés qui peuvent en expliquer certains aspects; vous n'étiez pas heureuse en ménage et votre époux refusait de divorcer. Nous sommes d'accord?

– Bien sûr.

– Tous les vendredis vers midi, en sortant de son bureau, Mr Hughes rentrait chez lui se changer et partait dans sa voiture chez son ami Owen Jones, à Llandrindod Wells d'où il ne revenait que dans la soirée du dimanche. Exact?

– Exact.

– Vous étiez donc entièrement libre, chaque semaine, pendant plus de quarante-huit heures?

– Oui.

– Si je relis vos dépositions, ces heures, vous les passiez dans votre maison ou encore en promenades dans Cardiff où vous imaginiez de romantiques rendez-vous avec des fantômes...

– Oui. Je me rends compte combien cette attitude, dans la froideur impersonnelle d'un papier administratif, peut paraître ridicule...

– Soyez rassurée, Mrs Hughes, aucun geste, aucune action, j'oserais même préciser aucun sentiment ne résiste à cette prose administrative, mais je vous affirme que cela n'a aucune importance. C'est au cours d'un de ces chimériques rendez-vous, à Bute Water West pour préciser, que le hasard a mis en votre présence Ianto Morgan.

– J'ai déjà dit tout cela, inspecteur.

– Je sais, mais dans notre métier, nous nous répétons beaucoup afin de nous prémunir, autant que possible, contre l'erreur qui, en matière criminelle, est plus grave qu'en n'importe quelle autre matière. Qui connaissait la retraite hebdomadaire de votre mari?

– Beaucoup de monde, j'imagine. En dehors de moi-même et des domestiques, pas mal de ses amis et les gens de la banque qui auraient pu avoir à lui signaler un événement boursier d'importance se produisant en son absence...

– C'est vraisemblable... Le Dr Rees était-il également au courant de l'endroit où se rendait Mr Hughes?

– Le Dr Rees?... Certainement!

– A propos du Dr Rees, pouvez-vous me dire quelle est la nature de vos relations avec lui?

– C'est tout à la fois mon médecin et mon ami.

– Rien de plus?

– Inspecteur, je ne vous permets pas de...

– Ne vous énervez pas, Mrs Hughes, je suis obligé – la vérité ne se manifestant pas spontanément – de poser des questions pour tenter de la découvrir et... vous n'avez pas répondu à celle que je vous ai adressée?

– Le Dr Rees n'a toujours été pour moi qu'un ami, un confident... Un médecin est assez souvent amené à jouer ce rôle...

– J'en conclus donc que vous ne l'aimez pas? Je veux dire que vous n'êtes pas amoureuse de lui?

– Certainement pas!

– Et lui? Vous aime-t-il?

– Vous me gênez beaucoup, inspecteur...

– J'y suis contraint.

– Eh bien! je reconnais, en effet, que le Dr Rees a souhaité voir notre amitié passer sur un autre plan... Toutefois, si je suis disposée à le considérer comme un frère, je ne saurais envisager l'hypothèse de devenir sa femme, voire sa maîtresse.

– Je vous remercie de votre franchise, Mrs Hughes. Encore un mot, cependant : votre sympathie pour le Dr Rees est-elle assez forte pour que, le cas échéant, vous fassiez votre possible en vue de le préserver d'une aventure fâcheuse si vous en étiez avertie?

– Je ne comprends pas très bien votre question. Me demandez-vous, au cas où je saurais qu'un malheur doit s'abattre sur Dylan Rees – si je tenterais l'impossible pour l'en préserver?

– C'est cela.

– Alors, oui, je le crois. A mon tour, inspecteur, puis-je vous prier de me confier si votre enquête avance? S'il reste une chance de venger mon mari?

– Ma foi, pour ne rien vous cacher, nous sommes encore dans le noir. Toutefois, je vous assure que j'ai confiance. J'arrêterai le meurtrier de votre mari.

Quand? Comment? Où? Je l'ignore. Tout irait plus rapidement si vous acceptiez de nous aider.

– Moi?

– Oui, vous, Mrs Hughes. Une enquête rapide m'a appris que votre mari passait pour un banquier scrupuleusement honnête et ne risquant jamais les dépôts de ses clients dans des spéculations hasardeuses. Nous pouvons ainsi écarter l'hypothèse d'un homme qui, ruiné par Gwylim Hughes, aurait voulu se venger. De même, il nous a été facile d'établir que votre mari n'avait aucune liaison féminine, ce qui nous oblige à écarter cette autre hypothèse de la rancune d'une délaissée. Enfin, on ne lui connaissait pas d'ennemi, ni dans sa vie privée ni dans son existence professionnelle.

– Dans ce cas...

– Dans ce cas, Mrs Hughes, force m'est de conclure que c'est à cause de vous qu'on a tué Mr Hughes. Le meurtrier vous aime et il a voulu vous rendre votre liberté afin de vous épouser.

– Je pensais que vous n'ajoutiez plus foi à la culpabilité de Mr Morgan?

– Effectivement, je n'y crois pas. Vos relations étaient trop récentes. Il ne savait rien de Mr Hughes et, sans doute, ignorait-il sa présence à Llandrindod Wells jusqu'à ce que vous le lui ayez appris. A ce moment-là, il n'avait plus le temps matériel pour appeler Gwylim Hughes et l'inciter à revenir. Par contre, quelqu'un était au courant depuis toujours des absences régulières de votre époux, quelqu'un qui vous aime beaucoup, quelqu'un qui serait heureux que vous deveniez sa femme, quelqu'un qui n'a nul besoin d'argent pour vous assurer une existence confortable...

Catrin Hughes pâlit :

– Vous... vous ne pensez pas à...

– Eh! si... Je tiens que Dylan Rees remplit toutes

les conditions pour être accusé du meurtre de votre mari.

L'infirmière entra dans le salon où Andreas Pantrych se morfondait. Elle tenait un bébé dans les bras et s'écria :

– C'est une belle petite fille!

Le sergent ne se sentait pas d'humeur à s'extasier.

– Et qu'est-ce que vous voulez que ça me fasse?

– Vous n'aimeriez pas en avoir une comme celle-là?

– Moi?

– Oui, vous? Vous détestez les enfants?

– C'est-à-dire que ce serait plutôt le mariage qui m'épouvanterait...

– Dommage! Vous avez l'air d'un garçon bien, pourtant?

– Mais je suis un garçon bien, miss... miss?

– Elisabeth Bromfield.

– Je suis le sergent Andreas Pantrych... Ça ne fait rien, ce moutard aurait pu arriver plus tôt! Il est presque 7 heures et demie...

– Consolez-vous... D'habitude, c'est beaucoup plus long, mais Mrs Bolden nous a appelés trop tard pour qu'on puisse la transporter à la clinique... Vous aviez un rendez-vous, sans doute?

Andreas hésita... Mais déjà Mabli s'éloignait dans sa mémoire et il osa répondre d'une voix assurée :

– Non... mais je ne demanderais pas mieux que d'en avoir un avec quelqu'un qui... qui me plairait... quelqu'un dans votre genre...

Le sergent était un garçon aimable et miss Bromfield ne put s'empêcher de lui sourire. A cet instant, le destin décida que miss Domkey ne serait jamais l'épouse d'un officier de police.

Vers 8 heures, Andreas et le Dr Rees se présentèrent de nouveau au CID. D'un coup d'œil, Pantrych constata que Fychan Mortimer était seul.

– Elle est... partie?

– Elle est partie.

– Définitivement?

– J'en ai peur.

Pantrych respira un bon coup, histoire d'éliminer le petit pincement qu'il ressentait du côté du cœur.

– Mortimer, mon vieux, savez-vous qui je suis?

– Une victime du devoir, sergent.

– Non, un imbécile!

Le planton haussa les épaules :

– C'est souvent la même chose.

Avant de procéder au second interrogatoire du Dr Rees, l'inspecteur-chef Griffiths, en dépit de l'heure déjà tardive, donna mission au sergent Pantrych de trouver et de ramener Ifor Hughes pour le confronter avec le médecin. Andreas partit au moment où tante Sioned et les deux enfants arrivaient à Fairwater. Leur retard tenait à ce que miss Price, épuisée par les émotions subies à Brecon, engourdie par l'absorption d'un thé qu'accompagnaient des nourritures plus solides, avait éprouvé le besoin de reprendre des forces dans un court sommeil réparateur qui s'était prolongé plus que prévu. La puissante demoiselle, en se réveillant, hésita à remettre son expédition, mais craignant de n'être plus, le lendemain, dans la forme éblouissante qu'elle connaissait en cet instant, elle résolut de s'en tenir à ses plans. Ce fut sans l'ombre d'une hésitation qu'elle tira d'une main ferme la chaîne actionnant la cloche au son ancien qui, à la grille de la propriété des Hughes, annonçait les visiteurs.

Bien que la pitié ne s'affirmât pas un trait dominant de son caractère, Iwan Griffiths éprouvait une sorte de sympathie pour l'homme tassé dans le fauteuil lui faisant face. Dylan Rees donnait l'impression d'un vaincu. Le policier, malgré son expérience, ne parvenait pas à comprendre comment des garçons de cette valeur pouvaient se laisser aller à tout renier pour l'amour de femmes qui, trop souvent, ne méritaient pas de pareils sacrifices. Certes, Catrin Hughes semblait compter parmi celles en qui l'on pouvait avoir confiance mais, en dépit de ses protestations, il était à peu près convaincu qu'elle avait joué avec les sentiments du Dr Rees un jeu cruel sans en prévoir les tragiques conséquences.

– Allons, docteur, depuis que nous nous sommes quittés, vous avez eu le temps de réfléchir? Je vous rappelle que c'est vous qui m'avez dit avoir menti.

Rees passa une main tremblante sur son front.

– Si vous saviez comme je suis fatigué...

– Je n'en doute pas, mais soyez assuré que je le suis aussi.

– Ne pourriez-vous remettre cet interrogatoire à plus tard?

Avant de répondre, Griffiths prit le temps de bourrer sa pipe et de l'allumer.

– Docteur, vous étiez tout aussi fatigué tout à l'heure auprès de Mrs Bolden... Vous est-il venu à l'esprit de vous arrêter?

– On n'arrête pas un accouchement, voyons!

– Bien sûr... Eh bien! figurez-vous que, moi non plus, je ne peux m'arrêter... Moi aussi, j'ai la responsabilité d'une naissance... Il faut que je mette la vérité au jour... et j'ai le sentiment que c'est maintenant ou jamais. Alors, docteur, ne parlons plus de fatigue, n'est-ce pas? Plus vite vous répondrez franchement à mes questions, plus vite vous pourrez aller vous reposer. Nous sommes d'accord?

Dylan Rees ricana :

– Le moyen de faire autrement?

– Il n'existe pas. Et maintenant, je vous écoute.

Le policier eut l'impression que son interlocuteur se livrait à lui-même à un combat dont il triomphait. D'une voix sourde, il déclara :

– J'aime Mrs Hughes, inspecteur...

– Je sais.

Rees releva vivement la tête et Griffiths ajouta :

– C'est elle qui me l'a dit.

– Ah! Vous a-t-elle confié aussi qu'elle ne m'aimait pas?

– Aussi.

– Seulement, je ne voulais pas l'admettre... Je refusais de le croire... Je tenais d'elle qu'elle ne s'entendait pas avec son mari, qu'elle était malheureuse et j'espérais qu'elle pourrait devenir la femme de ma vie...

– Quel rôle attribuiez-vous à Mr Hughes dans vos projets?

– Rassurez-vous, je n'avais nullement l'intention de le supprimer. Plus simplement, j'essayais de convaincre Catrin de divorcer mais elle m'affirmait que ses convictions religieuses s'y opposaient.

– Vraiment?

– Je supposais qu'elle ne me disait pas le fond de sa pensée, car, enfin, ne voulant être ni ma femme ni ma maîtresse, pour quelle raison avait-elle continué à me voir?

– Parce que vous la voyiez souvent?

– En plus de mes visites officielles, nous nous retrouvions tous les vendredis lorsque son mari était parti pour Llandrindod Wells.

– Où la rejoigniez-vous? Chez elle?

– Non... Catrin est très prudente. Chaque semaine, elle me donnait rendez-vous dans un coin différent de Cardiff. Nous allions nous promener et, le soir, je la raccompagnais à Fairwater.

– Où il vous arrivait de rester?

– Une heure ou deux, jamais davantage. Je vous ai déjà dit, inspecteur, qu'aucun lien réel n'existe entre Mrs Hughes et moi.

– Vous connaissiez Ianto Morgan?

– Celui qui est soupçonné du meurtre de Hughes? Non pourquoi?

– A quand remonte votre dernière promenade en compagnie de Mrs Hughes?

– Il y a eu quinze jours vendredi.

– Je croyais que vous vous rencontriez toutes les semaines?

– C'est exact, mais il y a quinze jours, nous devions nous rejoindre sur le port, à Bute Water West, et je n'ai pu venir; une opération urgente, inattendue, me retint une grande partie de l'après-midi. Lorsque j'ai téléphoné à Catrin, le soir, pour m'excuser, elle m'a répondu que non seulement elle ne m'en voulait pas de mon abandon forcé, mais encore qu'elle profitait de l'occasion pour m'annoncer que nous devions cesser ce jeu enfantin ne convenant ni à nos âges ni à nos situations sociales. En bref, elle me signifiait mon congé.

– Comment avez-vous pris la chose?

– Mal... J'avais le sentiment d'avoir été berné par une coquette... Plusieurs visites à Fairwater pendant que Hughes se trouvait à la banque demeurèrent sans résultat, la bonne m'annonçant chaque fois que Mrs Hughes était absente. Je pensais alors que j'étais remplacé dans mon rôle de confident.

– En bref, vous étiez jaloux?

– Oui.

– Qu'avez-vous fait?

– Vendredi dernier, je me suis rendu de nouveau à Fairwater pour en avoir le cœur net.

– A quelle heure?

– Vers 22 heures... 22 h 30...

– Enfin! Continuez, docteur, au point où vous en êtes, il vous faut aller jusqu'au bout.

– J'ai arrêté ma voiture à deux cents mètres de la villa. Je suis passé par-derrière, dans Perrots Street où j'ai vu de la lumière filtrer à travers les volets de la cuisine. J'ai honte de mon geste, inspecteur, mais je souffrais...

– Allez, allez...

– Je me suis approché des volets et j'ai réussi, en m'aidant d'une grosse pierre, à me hisser. Par un interstice du bois, j'ai pu voir, dans la cuisine, Catrin dîner en compagnie d'un homme qui m'était inconnu.

– Ianto Morgan... Après?

– La colère m'a empoigné. Je suis revenu à la grille d'entrée, bien décidé au scandale. Je m'apprêtais à sonner lorsque je me suis aperçu que la grille n'était pas fermée. J'ai gagné la maison en évitant le moindre bruit. Je suis entré dans le hall et j'ai buté contre le corps de Gwylim Hughes.

– Comment avez-vous reconnu le cadavre dans l'obscurité?

– J'ai toujours sur moi la petite lampe dont je me sers quand je suis appelé, la nuit, chez un malade.

– Quelle a été votre réaction?

– L'affolement. Du premier coup d'œil, je compris que Hughes était mort. Je ne réalisais pas comment les autres pouvaient continuer à manger avec ce cadavre dans le hall. J'ai perdu la tête et je me suis enfui.

– Pourtant, votre devoir consistait à appeler immédiatement la police?

– Je sais...

– Pourquoi ne l'avez-vous pas fait?

– Je vous l'ai dit : j'ai perdu la tête, et puis j'ai eu peur pour Catrin... Je ne voulais pas la livrer aux policiers...

– Vous l'avez revue depuis?

– Oui, tout à l'heure... Depuis le crime, j'attendais un appel au secours de sa part. Il n'est pas venu. Je me suis rendu chez elle. Elle m'a juré n'être pour rien dans la mort de son mari. Elle croit que c'est Ianto Morgan qui, surpris, a tué Hughes dans un réflexe d'autodéfense.

– Vous lui avez révélé votre visite le soir du crime?

– Non.

– Pourquoi?

– La honte...

Un long silence succéda à cet aveu. Griffiths secoua sa pipe sur le cendrier, Rees reprit timidement :

– Est-ce que je peux rentrer chez moi maintenant, inspecteur?

– Non.

– Mais enfin, j'ai mon travail à assurer! Vous ne pouvez pas me garder ainsi! Je vous ai déjà dit tout ce que je savais!

– Je n'en suis pas certain docteur.

– Puisque je vous affirme que...

– Oh! les affirmations... Tous les coupables sont prêts à jurer qu'ils sont innocents.

– Les coupables? Supposeriez-vous que?

– Je ne suppose plus, docteur, je suis à peu près convaincu que vous êtes le meurtrier de Gwylim Hughes.

– Moi? Mais, pourquoi?

– Par erreur. Vous avez reconnu vous-même que la jalousie vous avait poussé à des gestes dont vous éprouvez encore de la honte... De votre propre aveu, vous n'étiez pas, ce soir-là, dans votre état normal. Ulcéré de constater que Catrin Hughes passait avec un rival les heures qu'elle vous consacrait d'habitude, vous décidez d'entrer pour vous venger sur cet inconnu. En pénétrant dans le hall, vous vous heurtez à un homme. Vous croyez qu'il s'agit de celui qui tient compagnie à la femme que vous aimez et vous le frappez avec le chandelier qui se trouve à portée de votre main. Vous partez, persuadé d'avoir abattu votre rival... Vous avez dû éprouver une amère surprise en lisant les journaux, n'est-ce pas, docteur Rees? Non seulement, vous vous étiez trompé de victime, mais encore vous aviez rendu sa liberté à Mrs Hughes, liberté dont elle pourrait user pour refaire sa vie avec un autre... qui ne serait pas vous. Vous saviez, et pour cause, que Ianto Morgan était innocent, mais il ne vous déplaisait pas de le voir dans le pétrin. Si vous, vous aviez perdu Catrin Hughes, lui non plus ne l'aurait pas. Voilà la raison pour laquelle vous ne vous êtes pas dénoncé. C'est bien ainsi que les choses se sont passées, docteur!

– Vous êtes fou!

Iwan Griffiths sourit aimablement :

– Cela aussi, on me l'a souvent répondu...

Modlen, la servante de Catrin Hughes, regagnait sa chambre lorsque retentit la cloche de l'entrée. Elle marqua un temps d'hésitation, puis se rendit au salon où Catrin lisait.

– Madame... je dois ouvrir?

– Oui, mais dites que je suis souffrante et que je ne puis recevoir personne.

Modlen n'aimait guère s'aventurer dans le parc, la nuit venue, mais on n'avait pas pour habitude de lui demander son avis ou de se préoccuper de ses goûts. Serrant les dents, elle courut vers la grille après avoir allumé toutes les lumières. D'abord, elle crut qu'il n'y avait personne et c'est seulement lorsqu'elle l'entendit qu'elle vit Buddug et la reconnut.

– Vous? A cette heure? Mais qu'est-ce qui se passe?

– Il faut que je parle à Mrs Hughes.
– Elle est couchée!
– Ça ne fait rien!
– Que vous dites! Elle m'a déclaré qu'elle ne voulait recevoir personne.
– Si elle savait pourquoi je suis là, elle m'accueillerait avec reconnaissance!
– Avec reconnaissance?
Modlen chuchota :
– C'est à propos de Mr Hughes?
Buddug répondit sur le même ton :
– Oui. Je connais son meurtrier. Mrs Hughes doit être avertie. C'est grave...
La servante n'était pas des plus rusées. En outre, la présence de la fillette à une heure aussi tardive ne pouvait, lui semblait-il, s'expliquer que par l'importance du message.
– C'est bon, entrez...
Ayant tourné la clé dans la serrure, Modlen entrouvrit la grille. Aussitôt, une poussée formidable la déséquilibra et, cramponnée aux barreaux, elle fut emportée par la partie du portail violemment rabattue. Tante Sioned fonça, entraînant Buddug et Caradog. Quand elle eut pris pied chez l'ennemi, miss Price referma elle-même la grille et, prenant par le bras la servante sidérée, l'apaisa :
– Excusez cette petite ruse de guerre mais, à moi, vous n'auriez pas ouvert?
– Non, oh! non!
– Vous voyez que j'ai eu raison d'agir à mon idée? Et n'ayez pas peur, mon enfant, je ne vous veux aucun mal. Conduisez-moi à votre maîtresse!
Catrin leva les yeux de dessus son livre lorsque la voix tremblante de Modlen résonna dans le silence du salon.
– Madame, c'est...
Miss Price écarta d'une main résolue la jeune fille et entrant dans l'univers douillet de Mrs Hughes

avec autant de tact qu'un éléphant dans un magasin de porcelaine, elle déclara posément :

– Ne m'en veuillez pas, Mrs Hughes, mais il importait que je vous voie au plus tôt.

Catrin, trop surprise par cette apparition dépassant la commune mesure, ne trouva pas tout de suite la réponse adéquate. Son regard tomba sur les enfants et elle sourit :

– Ah! mes petits visiteurs... Qui êtes-vous, madame?

– Miss Price, la tante de celui-là.

Ce disant, la demoiselle caressa d'un geste maternel la tête de Caradog.

– Qu'est-ce qui vous a permis de forcer ma porte?

– Oh! vous savez, il y a longtemps que je prends des décisions sans en demander la permission à qui que ce soit.

– Vraiment? Eh bien! vous apprendrez, miss Price, que j'entends être maîtresse chez moi! Je vous prie de sortir!

– Je suis au regret de ne pouvoir déférer à votre prière...

– Modlen, raccompagnez ces gens!

Tante Sioned se contenta de se tourner légèrement vers la servante et de la regarder. Modlen comprit.

– Madame, je peux pas... Il faudrait être plusieurs.

Miss Price tapota gentiment la joue de la jeune fille.

– Très bien. Maintenant, filez vite dans votre lit pour éviter des ennuis.

Modlen disparut sans demander son reste. Catrin Hughes se leva, le sourcil froncé, et commanda sèchement :

– Vous êtes ici chez moi! Sortez immédiatement!

Placide, tante Sioned dit gentiment :
– Non.
– C'est ce que nous allons voir!
La jeune femme se dirigea vers le téléphone mais devant passer près de miss Price, celle-ci la happa au passage et, l'immobilisant :
– Si j'étais vous, Mrs Hughes, j'écouterais sagement ce que j'ai à vous raconter. Caradog, veillez à ce que personne ne touche au téléphone sans ma permission. Buddug, vous devriez vous rendre auprès de la bonne pour lui tenir compagnie et la dissuader de prendre des initiatives. Pour vous, Mrs Hughes, vous vous asseyez dans votre fauteuil et vous me prêtez une oreille attentive.
– Jamais de la vie!
– Mais si, Mrs Hughes, mais si...
Soulevant son interlocutrice, la puissante demoiselle l'emporta jusqu'au fauteuil où elle la déposa délicatement.
– Alors?
La colère et l'humiliation mettaient des larmes dans les yeux de Catrin.
– A quoi rime cet attentat?
– Au seul désir d'un court entretien avec vous.
– Qu'est-ce que nous pouvons donc avoir de commun, vous et moi?
– Ianto Morgan.
– Je ne comprends pas?
– Aucune importance, Mrs Hughes, je suis justement venue pour vous fournir des explications.
Avant de commencer, tante Sioned parcourut du regard le salon afin d'y repérer un siège susceptible de la recevoir. Elle jeta son dévolu sur un pouf trapu qu'elle attrapa et planta en face de Catrin Hughes, de telle façon qu'une fois assise, les genoux des deux femmes se touchèrent.
– Mrs Hughes, vous avez mis Ianto Morgan dans un bien vilain pétrin...

– Que voulez-vous que j'y fasse?
– Que vous l'en sortiez au plus tôt.
– Moi?
– Vous!
– Mais comment pourrais-je?
– En disant la vérité.
– Mais je l'ai dite!
– Mrs Hughes, vous êtes jolie, charmante... J'imagine que vous devez facilement tourner la tête aux hommes... enfin à ceux qui aiment les femmelettes, mais... vous êtes sûrement une fieffée menteuse.

Indignée, Catrin tenta de se redresser :
– Je ne vous permets pas de...

Appuyant sa large main sur la poitrine de son hôtesse, tante Sioned la força à retomber sur son siège.
– Du calme! Mrs Hughes, du calme! Vous pouvez débiter toutes les sornettes possibles et imaginables à ces policiers imbéciles, ils vous croiront parce que vous êtes jeune, mignonne, et que votre apparente détresse suscite en leur cœur des envies irrésistibles de vous consoler. Ce n'est pas la même chose en ce qui me concerne. Votre grâce me laisse froide et j'y découvre beaucoup plus de ruse que de sincérité.
– Qu'est-ce qui vous autorise à prétendre que je mens?
– Notre vieux bon sens gallois, Mrs Hughes. Je n'ai jamais vu Ianto Morgan mais d'après ce qu'on m'en a dit – et puisque sa fille n'est pas là – je puis bien vous confesser que je le tiens pour un brave garçon pas très malin, sentimental en diable, très porté sur les blondes et manquant d'expérience au point que la moindre rouée doit être capable de le mener par le bout du nez. De plus, il n'est pas riche...
– Et alors?
– Alors, Mrs Hughes, vous, vous êtes riche, vous

occupez une place importante dans la société de Cardiff, vous êtes belle.

– Merci, mais cela tend à prouver quoi?

– Simplement qu'une femme comme vous ne saurait s'intéresser à un homme comme Ianto Morgan à moins qu'il ne serve ses desseins... et j'ajouterai des desseins pas très propres. Pour résumer ma pensée, le père de Buddug est le bouc émissaire rêvé pour quelqu'un dénué de scrupules.

– Moi, en l'occurrence?

– Vous.

– Savez-vous que vous commencez à m'amuser?

– J'en suis bien aise, cela facilitera la suite de notre conversation.

– Qui doit durer combien de temps?

– Cela ne dépend que de vous : nous nous arrêterons sitôt que vous aurez révélé la vérité.

– Vous ne manquez pas d'un certain aplomb, miss Price.

– Je me le suis déjà laissé dire, en effet, Mrs Hughes, vous vous moquez pas mal de Ianto Morgan, n'est-ce pas?

– Il m'est très sympathique.

– C'est bien bon à vous. Pour quelle raison lui avez-vous fait endosser le meurtre de votre mari?

– Vous êtes complètement folle? Comment aurais-je pu deviner qu'on allait assassiner mon mari?

– En ayant combiné sa mort avec l'assassin.

De nouveau, Catrin voulut se dresser, hors d'elle :

– Vous osez m'accuser...?

Et, de nouveau, la lourde patte de tante Sioned l'obligea à se rasseoir.

– Pas de comédie avec moi, Mrs Hughes; ça ne prend pas.

– Vous me paierez ça!

– J'ai le sentiment que c'est vous qui paierez d'abord, et cher!

– Ecoutez, miss Price, je suis certaine que vous êtes sincère, mais réfléchissez et vous vous apercevrez que votre accusation ne tient pas debout!

– Au contraire, c'est parce que je réfléchis que je suis amenée à conclure que vous êtes coupable ou, pour le moins, complice. Ce n'est pas gai d'être pendue à votre âge...

– Si vous vous imaginez m'effrayer, vous vous trompez!

– Qui sait? Je ne vous estime guère, Mrs Hughes, mais, tout de même, je ne vous crois pas capable de ramener chez vous un garçon que vous ne connaissez pratiquement pas, à une heure où sa présence connue déclencherait un scandale et après avoir pris soin de congédier les domestiques. Cela ne s'expliquerait que si vous étiez follement amoureuse de Morgan et décidée – comment m'exprimer? – à lui accorder toutes vos faveurs. Ce n'était pas le cas. Alors, pourquoi l'avez-vous ramené chez vous?

– Ma foi, maintenant, avec le recul, j'admets que c'était d'une imprudence folle...

– Non, Mrs Hughes, c'était d'une astuce diabolique. Vous saviez que votre mari serait tué ce soir-là et il vous fallait un coupable à livrer à la justice. Pour protéger qui, Mrs Hughes?

Subitement, sous l'emprise de la colère et de la peur, l'élégante Mrs Hughes redevint la froide, dure et brutale miss Snell qui se frayait son chemin dans la vie sans se soucier des autres. Elle invectiva grossièrement tante Sioned qui soupira :

– J'aime mieux ça... Au moins, on y voit clair... Caradog, mon chéri, filez donc vous poster sur le perron, de façon à venir m'avertir si d'aventure quelque curieux rappliquait.

Le gamin obéit sans empressement, persuadé

qu'il allait manquer le meilleur de l'affaire. Miss Price reprit :

– Il y a des expressions qu'un enfant n'a nul besoin d'entendre. Alors, mon bijou, on se décide à tout raconter?

– Je n'ai rien à raconter et je refuse de parler!

– On dit ça... Mrs Hughes, vous connaissez le meurtrier de votre mari... Répondez! Non?

Une gifle magistrale secoua la tête de la très distinguée épouse du banquier Gwylim Hughes. Elle ouvrit des yeux stupéfaits et bégaya.

– Vous... vous osez?

– A mon regret, chère Mrs Hughes... A mon grand regret... Je n'aime pas la violence... Enfin, pas tellement, mais je pense à ce pauvre Morgan promis au gibet... Cela me donnera le courage de vous mettre la figure comme une citrouille si vous m'y contraigniez. Reprenons : qui a tué votre mari? Toujours butée, à ce que je constate? Tant pis...

Sous les gifles, la tête de Mrs Hughes ballottait. Les larmes ruisselaient sur son visage et, en dépit de son cran, un gémissement rauque, continu, s'échappait de sa bouche. Elle tenta bien de se défendre, mais elle avait une telle force de la nature en face d'elle que tous ses efforts s'avérèrent vains. Ecœurée, tante Sioned se forçait à penser à Meredid, à Buddug, à l'innocent prisonnier pour continuer. Au bout de quelques instants de ce traitement, Catrin capitula :

– Arrêtez... Arrêtez, par pitié, vous allez me défigurer...

– Qui a tué votre mari?

– Je... Je ne sais pas... Je... Je vous jure que...

– Il n'est que 9 heures du soir, Mrs Hughes, nous avons toute la nuit devant nous.

Une nouvelle gifle ponctua cette remarque. Mrs Hughes gémit :

– Non... c'est... C'est Dylan Rees...

– Qui c'est celui-là?
– Le Dr Rees...
– Celui que les petits ont vu vous embrasser cet après-midi?
– Sans doute... Donnez-moi quelque chose à boire...
– Une minute... et ne bougez pas!
Catrin en était bien incapable. Tante Sioned s'en fut chercher le téléphone, revint s'asseoir devant sa victime et appela le CID en demandant où joindre l'inspecteur-chef Griffiths.

Le sergent Pantrych avait amené Ifor Hughes au bureau de son chef. Interrogé, le frère de la victime reconnut que le banquier n'ignorait rien de la tendre inclination du médecin pour sa femme, mais qu'ayant confiance en cette dernière, il s'amusait de cet attachement sans s'en inquiéter le moins du monde. Mis au courant des graves soupçons pesant sur le docteur, Ifor Hughes entra dans une rage folle et Andreas dut le saisir à bras le corps pour l'empêcher de frapper Rees. Ce dernier protestait :
– Hughes, en dépit des apparences et du roman échafaudé par ce policier, je vous donne ma parole que je ne suis pour rien dans la mort de votre frère!
Le téléphone sonna, interrompant la scène. Griffiths décrocha :
– Oui... Miss Price? C'est bon, passez-la-moi... Oui, lui-même... D'où me téléphonez-vous? Mais qu'est-ce que vous faites là-bas? Quoi?... Priez-la de répéter ça à l'appareil... Je vous écoute, Mrs Hughes... Parfait. Je vous envoie chercher.
L'inspecteur raccrocha.
– Andreas, filez à Fairwater et ramenez-moi tous ceux que vous trouverez là-bas. Docteur, je crains que ce ne soit fini pour vous! Mrs Hughes vient de

vous dénoncer comme étant le meurtrier de son mari.

Avant que Griffiths n'ait pu s'interposer, Ifor Hughes bondissant de sa chaise frappait violemment au visage le médecin, qui roula à terre. Attirés par le vacarme, deux policiers entrèrent. L'inspecteur ordonna :

– Retournez vous asseoir, Mr Hughes. Encore un geste comme celui-là et je vous enferme pour outrage à la force publique! Vous deux, surveillez-le et, à la moindre tentative, collez-lui les menottes!

Blême de rage, Ifor protesta :

– Vous n'en êtes pas quitte, Rees, et je jure devant Dieu que si vous trouvez le moyen de vous en sortir, je vous tuerai!

Sèchement, l'inspecteur souligna :

– Voilà une réflexion imprudente, Mr Hughes, et dont je me souviendrai le cas échéant. Docteur, j'ai entendu la voix de Catrin Hughes vous accusant d'être le meurtrier de son mari.

– Ce n'est pas possible... Ce n'est pas possible que Catrin ait dit une chose pareille... Elle sait bien que ce n'est pas vrai...

– Eh bien! attendons. Nous ne tarderons plus à être fixés maintenant.

La première chose que Griffiths remarqua dans le groupe que le sergent Pantrych poussait devant lui dans le bureau ce fut le visage tuméfié de Catrin Hughes. Il ne put se tenir de lui demander :

– Que vous est-il arrivé?

– Cette femme...

Mais elle ne put ajouter un mot et s'écroula sur le siège qu'on lui offrait, en proie à une véritable crise de nerfs. Rees se précipita pour la secourir. Sévère, l'inspecteur-chef s'adressa à miss Price :

– Voulez-vous m'expliquer ce que cela signifie?

– Oh! j'ai été obligée de la tarabuster un peu pour la forcer à avouer...

– J'ai le regret de vous informer, miss, que des aveux obtenus de cette façon n'ont aucune valeur aux yeux de la loi et que, si Mrs Hughes porte plainte, je serai obligé de vous déférer devant le tribunal pour coups et blessures.

Mrs Hughes revint à elle pour déclarer d'une voix de tête :

– Et violation de domicile!

Entrecoupant son récit de sanglots qui la suffoquaient, la veuve raconta l'agression subie de la part de tante Sioned. Mais elle en mettait un peu trop et les policemen eux-mêmes sentaient que le récit sonnait faux. Griffiths s'enquit :

– Vous êtes dans votre droit, Mrs Hughes, et miss Price sera poursuivie. Toutefois, pourquoi avez-vous désigné le Dr Rees comme le meurtrier de votre mari?

– C'est... c'est le premier nom qui m'est venu à l'esprit.

– Et vous, miss Price, si vous nous donniez les raisons de votre raid à Fairwater?

Tante Sioned exposa véhémentement le raisonnement déjà tenu à Mrs Hughes et qui la conduisait à penser que Catrin n'était point aussi innocente qu'elle le proclamait. Cette dernière protesta :

– C'est absurde!

L'inspecteur-chef mordillait sa pipe... Il déclara doucement :

– Pas tellement, Mrs Hughes... A vrai dire, la démonstration de miss Price n'est pas mauvaise du tout. Elle soulève des points qui m'intriguent depuis le début de mon enquête... Des points sur lesquels j'aimerais bien connaître votre opinion.

Au lieu de répondre calmement, Mrs Hughes s'emporta. L'impression unanime fut mauvaise. Presque tous étaient maintenant convaincus qu'elle mentait. Elle s'en rendit compte, voulut se calmer, se reprendre, n'y parvint pas et éclata, derechef, en sanglots. Dans la courte période qui suivit, on entendit la voix du Dr Rees affirmer tranquillement :

– Inspecteur... C'est moi qui ai tué Gwylim Hughes. Il ne voulait pas rendre sa liberté à Catrin que j'aime par-dessus tout... La vie sans elle ne m'intéressant plus, j'ai pris mes risques...

– Et vous avez assassiné Gwylim Hughes au moment où la femme que vous chérissiez vous en préférait un autre? Curieuse logique, vous ne trouvez pas?

– Je vous ai menti, inspecteur, et je vous en demande pardon. J'ai frappé Hughes en me figurant que c'était l'autre...

– Ouais... Quand dites-vous la vérité, docteur?

– J'ai tenté de nier tant que j'ai cru que Catrin ne serait pas inquiétée.

– Qu'est-ce qui vous fait penser qu'elle puisse être inquiétée?

– Je... Je ne sais pas trop... Il m'a semblé... D'ailleurs, cela n'a aucune importance. Ce qui compte avant tout, c'est que je me reconnaisse coupable, n'est-ce pas?

– Non, docteur Rees, ce qui compte, c'est de démasquer l'assassin. Vous vous dénoncez parce que, comme nous tous, vous avez deviné que Mrs Hughes mentait et vous vous êtes dit que si elle mentait, c'est qu'elle connaissait le nom du meurtrier... donc qu'elle serait poursuivie en complicité d'assassinat. Alors, vous vous sacrifiez pour la sauver. C'est très noble, très généreux de votre part... et stupide!

– Je vous répète, inspecteur, que j'ai tué Gwylim Hughes, par erreur, poussé par la jalousie.

– Vous êtes prêt à signer vos aveux?

– Je suis prêt.

– Vous avez peu de chance d'échapper à la potence...

– Je l'ai méritée.

– Dans ces conditions... Andreas, faites signer au docteur sa déclaration.

Le sergent rédigea rapidement un procès-verbal et présenta la feuille au médecin qui s'apprêtait à y apposer sa signature lorsque Catrin Hughes se leva :

– Non, Dylan...

Il se tourna vers elle. Il y avait de la prière dans sa réponse :

– Taisez-vous, Catrin...

– Je ne peux plus... Merci pour ce que vous avez tenté, Dylan... Ce n'est pas vous qui avez tué Gwylim...

– Si, c'est moi! Je vous affirme que c'est moi! Vous êtes fatiguée, vous ne savez plus ce que vous dites...

– Ce n'est pas vous qui avez tué Gwylim...

Ayant quitté son fauteuil, Griffiths était venu jusqu'à la jeune femme.

– Si ce n'est pas lui, qui est-ce?

– Lui!

Le doigt tendu de Catrin Hughes désignait son beau-frère. Ce dernier sauta sur ses pieds.

– Elle est bonne, celle-là! Ainsi, c'est tout ce que vous avez trouvé pour échapper au châtiment avec votre complice? Vous espérez faire d'une pierre deux coups? Vous venger de moi et blanchir Rees? Inspecteur! Vous ne voyez pas qu'elle vous joue la comédie? Comme l'autre, avec son prétendu sacrifice! D'ailleurs, comment aurais-je pu commettre ce meurtre infâme alors qu'au moment où on assassinait mon malheureux frère, vendredi dernier, j'étais à *L'Olympia* où Lionel Turner, le pickpoket, amusait toute la salle à mes dépens en me subtilisant mon portefeuille et ma ceinture!

– Ce n'est pas vrai!

Tout le monde regarda dans la direction de Buddug qui s'avança vers l'inspecteur-chef.

– Il ment. Vendredi dernier, Lionel Turner était déjà à l'hôpital et remplacé par un chanteur. Vous vous souvenez, tante Sioned? C'est le directeur de *L'Olympia* qui nous l'a affirmé!

Ifor Hughes se rua vers Buddug, la main levée :

– Vous allez vous taire, sale petite menteuse!

Mais miss Price se dressa sur sa route. Emporté par son élan, Hughes buta contre elle, la fit vaciller et lui-même trébucha. Pour ne pas tomber, il s'accrocha à la demoiselle qui, déséquilibrée, s'écroula sur lui. Caradog, s'imaginant sa tante en danger, fonça et, empoignant Hughes par les cheveux, tira de toutes ses forces. Ifor hurla, se débattit, et Buddug, accourant à la rescousse, lui planta ses dents dans la cuisse. Sidérés, ni les policemen ni le sergent ne songeaient à intervenir. Il fallut que Griffiths les rappela à l'ordre :

– Et alors? Vous attendez qu'ils le mettent en charpie?

On réussit à dégager Ifor Hughes tandis que Pantrych appelait les policemen pour l'aider à relever tante Sioned, ce qui n'était jamais une petite affaire. Sitôt debout, miss Price, échevelée, le chapeau sur l'oreille, consciente d'avoir eu – par la force des choses – une posture honteuse en présence d'hommes, poussa un rugissement et, se jetant sur Hughes de toute sa masse, elle l'envoya bouler contre la bibliothèque où il s'assomma. Rassérénée, elle déclara, superbe :

– Ça lui apprendra à me manquer de respect!

Enthousiasmé, Andreas ne put se retenir de crier :

– Hurrah! Quel dommage que vous ne soyez pas dans la police! Pas un rassemblement ne vous résisterait!

– Sergent!

– Excusez-moi, chef!

Iwan Griffiths rejoignit Ifor Hughes qu'on ranimait. Dès qu'il eut repris conscience, le policier lui affirma :

– Pas de chance, Hughes... Un coup parfaitement combiné, pourtant... Vous êtes allé tuer votre frère à l'entracte et vous êtes revenu prendre votre place avant la fin du spectacle. Vous ne pouviez prévoir que Turner serait victime d'un accident. Vous avez perdu la partie. Soyez bon joueur!

– D'accord... J'ai tué Gwylim. Je le haïssais depuis qu'il m'avait pris ma maîtresse, Catrin Snell. Il me jugeait bon à rien et ne cessait de me répéter que, sans lui, la banque ne me garderait pas... Il avait l'argent, la femme que j'aimais, la considération... Tout, quoi! Bon dieu, sans cette satanée gosse, je prenais ma revanche!

– Et qu'un innocent paie à votre place ne vous troublait pas?

– Je n'ai jamais pitié des imbéciles...

– Un assassin est toujours un imbécile, Hughes. Vous vous en rendrez compte lorsque le juge coiffera sa toque noire. Allez, emmenez-le.

Les policemen l'empoignèrent chacun par un bras. Le meurtrier protesta :

– Et Catrin? Elle ne va quand même pas s'en tirer. C'est elle qui a eu l'idée du meurtre et qui m'a aidé à le préparer!

– Rassurez-vous... Vous ferez sans doute partie du même voyage...

Le lendemain, dans la matinée, Ianto Morgan fut libéré. L'inspecteur-chef Griffiths le fit prier de passer à son bureau. Lorsqu'il eut le père de Buddug devant lui, le policier le sermonna :

– Mr Morgan, vous revenez de loin... Sans cette extraordinaire miss Price et votre étonnante Buddug, je ne sais pas trop comment vous vous en seriez sorti. Pour nous, nous pataugions... Ma conviction de votre innocence ne s'appuyait sur rien et n'aurait pas beaucoup servi devant un jury.

– Je ne parviens pas à me persuader que Catrin...

– Toujours ce fameux complexe des blondes dont parle votre fille?

– Je ne pense pas. J'avais foi en elle... Elle était si douce, si spontanée, si triste aussi...

– Une excellente comédienne...

– Je ne comprends pas pourquoi elle a agi de cette façon...

– C'est une femme qui ne pense qu'à l'argent. Elle était la maîtresse d'Ifor Hughes lorsque Gwylim l'a remarquée. Elle n'a pas hésité longtemps et c'est en accord avec Ifor qu'elle a décidé de devenir l'épouse du banquier. Je pense que ce misérable Ifor a dû se faire payer très cher sa complaisance. Mais peut-être avaient-ils déjà dans l'idée de se débarrasser du mari un jour ou l'autre? Une assurance de cinquante mille livres permettrait aux deux complices de mener une existence agréable, sans compter le gros héritage que Catrin aurait recueilli. C'était ignoblement, mais parfaitement combiné. La seule difficulté tenait à ce qu'il importait de fournir un coupable logique à la police. Hughes m'a avoué que ce rôle avait été dévolu au malheureux Dylan Rees. Les rendez-vous en l'absence du mari, le vendredi soir à Fairwater, permettaient à Mrs Hughes de l'entretenir dans l'illusion. Et puis il s'est passé quelque chose... Peut-être, en dépit de son cœur sec, Catrin a-t-elle été touchée par l'amour du docteur et quand le hasard vous a mis sur sa route, elle a décidé que vous le remplaceriez. Elle n'a pas osé mettre son complice au courant du changement, si bien que le samedi matin, quand Ifor Hughes s'est présenté ici pour exécuter son numéro d'indignation, votre présence dans l'histoire l'a déconcerté. Il s'attendait à m'entendre accuser Dylan Rees et c'est de vous que je lui parlais. Il s'en est fallu de peu qu'il ne se trahisse.

– Mais comment s'y sont-ils pris?

– J'imagine que lorsqu'elle a su que vous acceptiez de passer la soirée avec elle, Mrs Hughes a dû vous abandonner un instant?

– Pour se refaire une beauté que l'air de Symonds Yat et le canotage sur la Nye avaient quelque peu malmenée...

– Soyez convaincu qu'elle en a profité pour téléphoner à Ifor Hughes, afin de l'avertir que tout serait prêt pour le meurtre... Simplement, elle a omis de lui apprendre que vous remplaciez Rees. Ifor a téléphoné alors à son frère, puis il est allé à *L'Olympia,* dont il a pris soin de conserver le billet. A l'entracte, il s'est rendu à Fairwater et a guetté l'arrivée de son frère. Il l'a tué dans le hall sans qu'il y ait la moindre lutte, car Gwylim ne se doutait pas de la haine d'Ifor. Par mesure de précaution, Catrin avait mis la radio en marche. Elle ne vous a envoyé dans le hall que lorsqu'elle a pensé que tout était consommé. D'ailleurs, sachant ce qui se passait, elle a sûrement entendu des bruits auxquels vous n'avez pas prêté attention. Pendant ce temps, Hughes était retourné à *L'Olympia,* entrant par une porte latérale. Rien n'aurait pu le compromettre si le hasard n'avait joué contre lui et de façon vraiment imprévisible. Qui aurait pu supposer que Lionel Turner serait indisponible ce soir-là et que miss Price emmènerait son neveu et votre fille à *L'Olympia*?

– Qu'est-ce qu'on va lui faire, à elle?

– Je crains bien que le destin de Catrin Snell ne s'achève au bout d'une corde, Mr Morgan. N'y pensez plus. Elle ne méritait en rien votre affection. Rentrez à Brecon, Mr Morgan et, si vous me permettez un conseil, vous seriez bien inspiré d'écouter un peu plus souvent à l'avenir votre Buddug!

VIII

Lorsque la nouvelle parvint à Brecon de l'innocence proclamée de Ianto Morgan, le crémier Meurig Pugh s'alita et miss Rhonwen Rhys sollicita un congé pour aller rendre visite à sa sœur souffrante, à Aberystwyth. Le constable Jenkins connut un des meilleurs moments de sa carrière car, sans se l'avouer, il nourrissait quelque inquiétude quant à l'issue de la campagne-éclair de miss Price, au cas où Morgan n'eût pas été libéré. Les patrons de Ianto – jusqu'ici fort réservés – se félicitèrent de la publicité faite à leur maison et décidèrent d'offrir une quinzaine de jours de repos à leur employé. Pour Meredid, elle ne s'arrêtait pas de pleurer, tant elle était heureuse, avec cet admirable illogisme des femmes, quel que soit le pays où elles vivent.

Tante Sioned, malgré les supplications des enfants et l'insistance de Morgan, refusa de les accompagner à Brecon. La digne demoiselle estimait qu'elle s'était assez démenée pour avoir le droit de retrouver son train-train quotidien et sa quiétude habituelle. En embrassant Caradog, elle lui déclara en désignant Buddug :

– Je crois que vous avez bien choisi, mon neveu, et que vous aurez, plus tard, une excellente épouse. J'espère que le Seigneur me permettra de vivre assez pour que je puisse assister à la noce. Pour vous, Buddug, je suis heureuse de vous avoir connue. Veillez bien sur votre père et, si vous parvenez à le guérir de son complexe des blondes, vous savez qu'il y a une brune, à Brecon, qui serait une excellente mère pour vous.

Puis, prenant Morgan par le bras, elle l'attira à l'écart :

– Ianto Morgan, pour vous sortir d'affaires, je me suis conduite d'une façon dont j'ai honte. Agissez dorénavant de telle manière que je n'aie pas à le regretter. N'oubliez jamais ce que vous devez à Buddug et ne vous avisez pas de lui donner, pour seconde mère une de ces mijaurées blondes devant lesquelles vous vous êtes pâmé jusqu'ici. Croyez-moi : les blondes et votre fille, ça n'ira jamais ensemble. Aussi, si vous n'êtes pas le plus grand des imbéciles, vous vous rendrez, sitôt arrivé à Brecon, auprès d'une brune qui s'est fait beaucoup de mauvais sang pour vous parce qu'elle vous aime. Et ne rougissez pas ainsi! A votre âge, c'est grotesque!

Meredid, avertie téléphoniquement de l'heure de retour des enfants et de Morgan, prit un plaisir extrême à répandre la nouvelle autour d'elle, si bien que lorsque l'autocar s'arrêta sur la place, une foule compacte – au premier rang de laquelle se pavanait le constable Jenkins – accueillit avec des « Hourrah! » celui qui avait failli être victime d'une erreur judiciaire. Le maire, le conseil municipal, entourèrent Morgan pour le féliciter. Mr Mark Bailey et son frère Harri – les patrons de Ianto – reçurent leur employé comme sans doute le papa biblique son fils prodigue et repenti. Le constable attendit que les autorités se fussent éloignées pour venir serrer la main de Ianto.

– Mr Morgan, je suis bien heureux de vous

revoir! J'étais, notez-le, tellement convaincu de votre innocence que je ne me suis jamais beaucoup inquiété à votre sujet, mais...

A ce moment, les yeux du constable rencontrèrent le regard sévère de Buddug. Craignant une mise au point de la fillette, il se mit incontinent à bafouiller. Emu, Ianto lui tapa affectueusement sur l'épaule :

– Je sais, Gute, que quoi qu'il puisse arriver, j'ai la chance de compter sur votre amitié.

Jenkins, bourrelé de remords, rougit comme une pivoine. Heureusement, sa femme vint à son secours en créant une diversion. Se jetant sur Buddug, elle la souleva de terre, l'écrasa sur sa forte poitrine tout en la couvrant de baisers, ne reprenant sa respiration que pour assurer :

– Darling, vous me manquiez tellement que je m'imaginais avoir perdu mon propre enfant!

Bouleversée à son tour, Buddug fondit en larmes et rendit ses baisers à la brave femme qui, apaisée, reposa la fillette à terre; puis, prenant la main d'Ianto, elle la secoua vigoureusement :

– On est tellement content que vous soyez de retour, Mr Morgan...

– Ma bonne Gwaldus... Je vous remercie tous du fond du cœur!

Caradog ramena tout le monde sur terre en remarquant, surpris :

– Mummy n'est pas là?

C'est alors seulement qu'on prit conscience de l'absence de Meredid. Mrs Jenkins s'exclama :

– Par exemple! Mais elle se tenait à mes côtés, il y a un instant! Si vous voulez mon avis, elle n'aura pas voulu se donner en spectacle et elle doit vous attendre chez elle...

Tournant dans son living-room, Meredid se sentait dans un état de fébrilité qu'elle ne parvenait pas à maîtriser. Quand elle avait aperçu Caradog, Buddug et Ianto descendre de l'autocar, craignant de ne pouvoir dissimuler ses sentiments à l'égard de Morgan et redoutant l'opinion publique, elle s'était sauvée. Maintenant, elle guettait leur venue, le cœur s'arrêtant de battre ou, au contraire, s'emballant à chaque fois qu'un pas résonnait sur le trottoir, devant sa porte. Se retournant, au cours d'une de ses innombrables allées et venues, elle les vit tous les trois devant elle et son émotion fut si forte qu'elle dut s'asseoir. Caradog, se précipita sur ses genoux. Les effusions de la mère et du fils terminées, Buddug s'approcha :

– Comment allez-vous, Mrs Price?

Meredid ne pouvait pas répondre, une boule énorme lui obstruant la gorge. Elle embrassa la petite fille et, enfin, regarda Ianto, debout devant elle. Elle parvint à dire :

– Mr Morgan... j'ai... j'ai beaucoup pensé à... à vous...

– Moi... moi aussi... Mrs Price. Je vous remercie pour... Enfin pour tout ce que vous avez tenté pour moi avec votre belle-sœur... Je... je crois bien... Oui je crois bien que je vous dois ma liberté.

Stupidement, la jeune femme ne prêta pas attention aux mots qu'elle prononçait et répondit :

– C'est la moindre des choses...

Buddug estima que, si elle ne s'en mêlait pas, on n'en sortirait jamais. Elle tira son père par la manche et l'entraîna dans un coin de la pièce tandis que Caradog entreprenait de raconter à sa mère quelques-uns de leurs exploits.

– Daddy... vous êtes toujours contre les brunes?

– Contre les brunes? Mais, pas du tout, Buddug! En voilà une question!

– Alors, pourquoi n'épousez-vous pas Mrs Price?

– Mais, voyons, Buddug... il faudrait qu'elle consente... Les choses ne se font pas aussi facilement que vous semblez vous le figurer!

– Pour quelle raison?

– Mais parce que, pour se marier – je vous l'ai déjà dit – il faut d'abord s'aimer...

– Et vous n'aimez pas Mrs Price?

– Buddug, cette conversation est choquante! Je suis votre père, après tout! Vous n'avez pas à vous occuper de ma vie privée! Naturellement, que j'aime Meredid, mais ça ne suffit pas... Il faudrait que, de son côté...

Abandonnant son père, la fillette rejoignit la maman de Caradog.

– Mrs Price?...

Le ton solennel de la petite fille intrigua la jeune femme.

– Oui, Buddug?

– Est-ce que vous aimez daddy?

Jamais Caradog et Buddug n'auraient pensé qu'on pût rougir aussi vite et avec autant d'éclat. Ils observaient curieusement le phénomène tandis que Meredid essayait de retrouver son sang-froid. Devinant, en dépit de sa confusion, que de sa réponse dépendait leur avenir à tous, elle surmonta son désarroi pour déclarer :

– Je pense que oui, Buddug.

La petite s'adressa à son camarade :

– Caradog, est-ce que vous verriez un inconvénient à ce que daddy soit aussi votre daddy et que votre mummy soit aussi la mienne?

Gravement, le gamin réfléchit avant de donner son avis :

– J'estime que ce serait la meilleure solution.

La petite retourna alors vers son père :

– Et maintenant, daddy, pourriez-vous me confier ce que vous attendez pour demander la main de mummy.

Dans le jardin où, par discrétion, ils s'étaient retirés, les deux enfants riaient de la gaucherie de leurs parents respectifs, Buddug soupira :

– Si nous n'étions pas là pour nous occuper d'eux...

Quand ils jugèrent leur avoir laissé un temps suffisant pour sacrifier à leurs épanchements, ils regagnèrent le living-room sur la pointe des pieds, mais le spectacle qu'ils surprirent les scandalisa quelque peu : Ianto et Meredid, dans les bras l'un de l'autre, s'embrassaient passionnément sur les lèvres.

Troublés les petits retournèrent dans le jardin où ils prirent place sur le vieux banc qui, dans leurs jeux, subissait d'étranges métamorphoses. Au bout d'un moment, Caradog demanda :

– Qu'est-ce que vous en pensez, Buddug?

– Je pense que si c'est un petit garçon, on l'appellera Siarl, à cause de mon grand-père.

– Si c'est une petite fille, j'espère qu'elle sera blonde...

Mais prenant conscience de ce qu'il disait au moment même où il le prononçait, le gamin se hâta d'ajouter :

– Excusez-moi, Buddug, je me suis mal exprimé. Je voulais...

Secouant la tête, la fillette déclara gravement :

– Je crains d'avoir beaucoup de mal avec vous aussi, Caradog...

IMPRIMÉ EN FRANCE PAR BRODARD ET TAUPIN
58, rue Jean Bleuzen - Vanves - Usine de La Flèche.
LIBRAIRIE GÉNÉRALE FRANÇAISE - 14, rue de l'Ancienne-Comédie - Paris.
ISBN : 2 - 253 - 03858 - X

30/6176/9